文学常识丛书

群雄争锋

翟民　主编

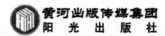

黄河出版传媒集团
阳光出版社

图书在版编目（CIP）数据

群雄争锋 / 翟民主编. —— 银川：阳光出版社，
2016.6（2020.12重印）
（文学常识丛书）
ISBN 978-7-5525-2765-0

Ⅰ.①群… Ⅱ.①翟… Ⅲ.①古典散文 – 文学欣赏 –
中国 – 青少年读物 Ⅳ.①I207.62–49

中国版本图书馆CIP数据核字(2016)第170223号

文学常识丛书　群雄争锋　　　　　　　　　翟民　主编

责任编辑　金小燕
封面设计　民谐文化
责任印制　岳建宁

黄河出版传媒集团
阳光出版社　出版发行

出 版 人　薛文斌
地　　址　宁夏银川市北京东路139号出版大厦（750001）
网　　址　http://www.ygchbs.com
网上书店　http://www.shop129132959.taobao.com
电子信箱　yangguangchubanshe@163.com
邮购电话　0951-5047283
经　　销　全国新华书店
印刷装订　河北燕龙印刷有限公司
印刷委托书号　（宁）0019160

开　　本　710 mm×1000 mm　1/16
印　　张　9.5
字　　数　114千字
版　　次　2016年11月第1版
印　　次　2021年1月第2次印刷
书　　号　ISBN 978-7-5525-2765-0
定　　价　28.50元

前　言

　　源远流长的中华五千年文化，滋养着生生不息的中华民族。那些饱含圣贤宗师心血的诗歌、散文，历经了发展和不断地丰富，融入了中华民族的血脉，铸就了中华民族的脊梁，毋庸置疑地成为宝贵的文化遗产、永恒的精神食粮、灿烂的智慧结晶。然而受课时篇幅所限，能够收入到中小学教科书的经典作品必定是极少数。为此，我们精心编辑了这一套集古代经典诗歌分类赏析、古代经典散文分类赏析为一体的《文学常识丛书》。

　　本套丛书包括：古代经典诗歌分类赏析共十册——《诗中水》《诗中情》《诗中花》《诗中鸟》《诗中雨》《诗中雪》《诗中山》《诗中日》《诗中月》《诗中酒》；古代经典散文分类赏析共十册——《物华风清》《人和政通》《诙谐闲趣》《情规义劝》《谈古喻今》《修身养性》《奇谋韬略》《群雄争锋》《逝者如斯》《天下为公》。

　　读古诗，我们会发现诗人都有这样一个特征——托物言志。如用"大鹏展翅""泰山绝顶"来抒发自己对远大抱负的追求，用"梅兰竹菊""苍松劲柏"来表达自己对崇高品格的追慕；用"青鸟红豆""鸿雁传书"寄托相思，用"阳关柳色""长亭古道"排解离愁，用"浮云"来感慨人生无常、天涯漂泊，用"流水"来喟叹时光易逝、岁月更替，用"子规"反映哀怨，用"明月"象征思念……总之，对这些本没有思想感情的自然物，古代诗人赋予它们以独特的寓意，使之成为古诗中绚丽多彩的意象。正是这些意象为古诗增添了无穷的魅力。

　　古典散文同样也散发着艺术的光辉，但更引人瞩目的是它所蕴含的思想精华,或纵论古今,或志异传奇,或微言大义,或以小见大,读后不禁让我们对古人睿智的思想和优美的文笔赞叹不已。

　　希望能通过这套丛书,使广大中学生对祖国光辉灿烂的文化遗产有一个更深刻的认识。

编者

目　录

《左传》 晋楚城濮之战 …………………………………………… 2

　　　　秦晋殽之战 …………………………………………… 10

　　　　齐晋鞌之战 …………………………………………… 17

　　　　晋楚鄢陵之战 ………………………………………… 22

《国语》 勾践灭吴 …………………………………………… 27

司马迁 长平之战 …………………………………………… 37

　　　　钜鹿之战 …………………………………………… 42

　　　　韩信破赵之战 ………………………………………… 47

　　　　垓下之围 …………………………………………… 55

司马光 楚汉成皋之战 ……………………………………… 61

　　　　官渡之战 …………………………………………… 70

　　　　赤壁之战 …………………………………………… 80

　　　　江陵之战 …………………………………………… 94

　　　　夷陵之战 …………………………………………… 108

　　　　魏灭蜀之战 ………………………………………… 114

　　　　晋灭吴之战 ………………………………………… 123

　　　　淝水之战 …………………………………………… 134

作品简介

　　《左传》又名《春秋左氏传》《左氏春秋》,是我国第一部记事详备完整的编年史书。相传为春秋时左丘明所作。《左传》记事上起鲁隐公元年(公元前722年),下至鲁哀公二十七年(公元前468年),共255年的历史。

　　《左传》是先秦时期内容最丰富、规模最宏大的一部编年体史书。全书再现了春秋时期周王朝以及各诸侯国之间的政治、军事、外交、文化等方面的活动,比较详细、真实、生动地反映了春秋时期社会生活的广阔的画面与历史的进程。

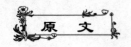

晋楚城濮之战

　　夏四月戊辰，晋侯、宋公、齐国归父、崔夭、秦小子慭次于城濮①。楚师背鄼②而舍，晋侯患之。听舆人之诵曰："原田每每③，舍其旧而新是谋④。"公疑焉。子犯曰："战也！战而捷，必得诸侯，若其不捷，表里山河⑤，必无害也。"公曰："若楚惠何？"栾贞子曰："汉阳⑥诸姬，楚实尽之。思小惠而忘大耻，不如战也。"晋侯梦与楚子搏，楚子伏己而盬⑦其脑，是以惧。子犯曰："吉。我得天，楚伏其罪⑧，吾且柔之矣！"

　　子玉使斗勃⑨请战，曰："请与君之士戏⑩，君冯轼而观之，得臣与寓目⑪焉。"晋侯使栾枝对曰："寡君闻命矣。楚君之惠，未之敢忘，是以在此。为大夫退，其敢当君乎？既不获命矣，敢烦大夫谓二三子⑫：戒尔车乘，敬尔君事，诘朝⑬将见。"

　　晋车七百乘，韅、靷、鞅、靽⑭。晋侯登有莘之虚⑮以观师，曰："少长有礼，其可用也。"遂伐其木，以益其兵。

　　己巳，晋师陈于莘北，胥臣以下军之佐当陈、蔡。子玉以若敖之六卒将中军⑯，曰："今日必无晋矣！"子西⑰将左，子上⑱将右。胥臣蒙马以虎皮，先犯陈、蔡。陈、蔡奔，楚右师溃。狐毛设二旆⑲而退之，栾枝使舆曳柴⑳而伪遁，楚师驰之，原轸、郤溱以中军公族横㉑击之。狐毛、狐偃以上军夹攻子西，楚左

2

师溃。楚师败绩。子玉收其卒而止，故不败。

晋师三日馆、谷㉒，及癸酉而还。甲午，至于衡雍㉓，作王宫于践土㉔。

乡役㉕之三月，郑伯如楚致其师，为楚师既败而惧，使子人九行成㉖于晋。晋栾枝入盟郑伯。五月丙午，晋侯及郑伯盟于衡雍。丁未，献楚俘于王：驷介㉗百乘，徒兵千。郑伯傅㉘王，用平礼也。己酉，王享醴，命晋侯宥㉙。王命尹氏及王子虎、内史叔兴父策命晋侯为侯伯㉚，赐之大辂之服、戎辂之服㉛，彤弓一，彤矢百，玈㉜弓十，玈矢千，秬鬯一卣㉝，虎贲㉞三百人。曰："王谓叔父㉟：'敬服王命，以绥四国，纠逖王慝㊱。'"晋侯三辞，从命，曰："重耳敢再拜稽首，奉扬天子之丕显休㊲命。"受策以出，出入三觐㊳。

卫侯闻楚师败，惧，出奔楚，遂适陈。使元咺奉叔武㊴以受盟。癸亥，王子虎盟诸侯于王庭，要言㊵曰："皆奖王室，无相害也。有渝此盟，明神殛㊶之，俾队㊷其师，无克祚㊸国，及而玄孙，无有老幼。"君子谓是盟也信，谓晋于是役也能以德攻。

初，楚子玉自为琼弁㊹玉缨，未之服也。先战，梦河神谓己曰："畀㊺余，余赐女孟诸之麋㊻。"弗致也。大心与子西使荣黄㊼谏，弗听。荣季曰："死而利国，犹或为之，况琼玉乎！是粪土也，而可以济师，将何爱焉？"弗听。出，告二子曰："非神败令尹，令尹其不勤民，实自败也。"既败，王使谓之曰："大夫若入，其若申、息之老何？"子西、孙伯曰："得臣将死，二臣止之曰：'君其将以为戮。'"及连谷㊽而死。

晋侯闻之，而后喜可知也，曰："莫余毒也已！蒍吕臣⁴⁹实为令尹，奉己而已，不在民⁵⁰矣。"

①晋侯：指晋文公重耳。宋公：宋成公，襄公之子。国归父、崔夭：均为齐国大夫。秦小子慭(yìn)：秦穆公之子。城濮(pú)：卫国地名，在今河南陈留。

②背：背靠着。鄾(xī)：城濮附近一个险要的丘陵地带。

③原田：原野。每每：青草茂盛的样子。

④舍其旧：除掉旧草的根子。新是谋：谋新，指开辟新田耕种。

⑤表：外。里：内。山：指太行山。河：黄河。

⑥汉阳：汉水北面。

⑦盬(gǔ)：吮吸。

⑧伏其罪：面朝地像认罪。

⑨斗勃：楚国大夫。

⑩戏：较量。

⑪得臣：子玉的字。寓目：观看。

⑫大夫：指斗勃。二三子：指楚军将领子玉、子西等人。

⑬诘(jié)朝：明天早上。

⑭鞹(xiǎn)：马背上的皮件。靷(yǐn)：马胸部的皮件。鞅(yāng)：马腹的皮件。靽(bàn)：马后的皮件。

⑮有莘(shēn)：古代国名，在今河南陈留县东北。虚，同"墟"，旧城废址。

⑯中军：楚军分为左、中、右三军，中军是最高统帅。

⑰子西：楚国左军统帅斗宜申的字。

⑱子上：楚国右军统帅斗勃的字。

⑲斾(pèi):装饰有飘带的大旗。

⑳舆曳柴:战车后面拖着树枝。

㉑中军公族:晋文公统率的亲兵。横:拦腰。

㉒馆:驻扎,这里指住在楚国军营。谷:吃粮食,指吃楚军丢弃的军粮。

㉓衡雍:郑国地名,在今河南原阳西。

㉔践土:郑国地名,在今河南原阳西南。

㉕乡(xiàng):不久之前。役:指城濮之战。

㉖子人九:郑国大夫,姓子人,名九。行成:休战讲和。

㉗驷(sì)介:四马披甲。

㉘傅:主持礼节仪式。

㉙宥(yòu):同"侑",劝酒。

㉚尹氏、王子虎:周王室的执政大臣。内史:掌管爵禄策命的官。策命:在竹简上写上命令。侯伯:诸侯之长。

㉛大辂(lù)之服:与礼车相配套的服饰仪仗。戎辂之服:乘兵车时的服饰仪仗。

㉜旅(lú):黑色。

㉝秬鬯(jù chàng):用黑黍米和香草酿成的香酒。卣(yǒu):盛酒的器具。

㉞虎贲(bēn):勇士。

㉟叔父:天子对同姓诸侯的称呼。这里指晋文公重耳。

㊱纠:检举。逖(tì):惩治。慝(tè):坏人。

㊲丕:大。显:明。休:美。

㊳出入:来回。三觐(jìn):进见了三次。

㊴元咺(xuǎn):卫国大夫。奉:拥戴。叔武:卫成公的弟弟。

㊵要(yāo)言:约言,立下誓言。

㊶殛(jí):诛罚,惩罚。

㊷俾(bǐ):使。队:同"坠",灭亡。

㊸克:能。祚(zuò):享有。

㊹琼弁(biàn):用美玉装饰的冠。

㊺畀(bì):送给。

㊻孟诸:宋国地名,在今河南商丘东北。麋:同"湄",水边草地。孟诸之麋:
指宋国的土地。

㊼大心:孙伯,子玉的儿子。荣黄:荣季,楚国大夫。

㊽连谷:楚国地名。

㊾芳(wěi)吕臣:楚国大夫,在子玉之后任楚国令尹。

㊿奉己:奉养自己。不在民:不为民事着想。

译 文

夏天四月初三,晋文公、宋成公、齐国大夫国归父、崔夭、秦国公子小子慭带领军队进驻城濮。楚军背靠着险要的名叫鄏的丘陵扎营,晋文公对此很忧虑。他听到士兵们唱的歌辞说:"原野上青草多茂盛,除掉旧根播新种。"晋文公心中疑虑。狐偃说:"打吧!打了胜仗,一定会得到诸侯拥戴。如果打不胜,晋国外有黄河,内有太行,也必定不会受什么损害。"晋文公说:"楚国从前对我们的恩惠怎么办呢?"栾枝说:"汉水北面那些姬姓的诸侯国,全被楚国吞并了。想着过去的小恩小惠,会忘记这个奇耻大辱,不如同楚国打一仗。"晋大公夜里梦见同楚成王格斗,楚成王把他打倒,趴在他身上吸他的脑汁,因此有些害怕。狐偃说:"这是吉利的征兆。我们得到天助,楚王面向地伏罪,我们会使他驯服的。"

子玉派斗勃来挑战,对晋文公说:"我请求同您的士兵们较量一番,您可以扶着车前的横木观看,我子玉也要奉陪观看。"晋文公让栾枝回答说:"我们的国君领教了。楚王的恩惠我们不敢忘记,所以才退到这里,对大夫子玉我们都要退让,又怎么敢抵挡楚君呢?既然得不到贵国退兵的命令,那就劳您费心转告贵国将领:准备好你们的战车,认真对待贵君交付的任务,咱们明天早晨战场上见。"

晋军有七百辆战车,车马装备齐全。晋文公登上古莘旧城的遗址检阅了军容,说:"年轻的和年长的都很有礼貌,我们可以用来作战了。"于是晋军砍伐当地树木,作为补充作战的器械。

四月初四,晋军在莘北摆好阵势,下军副将胥臣领兵抵挡陈、蔡两国军队。楚国主将子玉用若敖氏的六百兵卒为主力,说:"今天必定将晋国消灭了!"子西统率楚国左军,斗勃统率楚国右军。晋将胥臣用虎皮把战马蒙上,首先攻击陈、蔡联军。陈、蔡联军逃奔,楚国的右军溃败了。晋国上军主将狐毛树起两面大旗假装撤退,晋国下军主将栾枝让战车拖着树枝假装逃跑,楚军受骗追击,原轸和郤溱率领晋军中军精锐兵力向楚军拦腰冲杀。狐毛和狐偃指挥上军从两边夹击子西,楚国的左军也溃败了。结果楚军大败。子玉及早收兵不动,所以他的中军没有溃败。

晋军在楚军营地住了三天,吃缴获的军粮,到四月八日才班师回国。四月二十九日,晋军到达衡雍,在践土为周襄王造了一座行宫。

在城濮之战前的三个月,郑文公曾到楚国去把郑国军队交给楚国指挥,现在郑文公因为楚军打了败仗而感到害怕,便派子人九去向晋国求和。晋国的栾枝去郑国与郑文公议盟。五月十一日,晋文公和郑文公在衡雍订立了盟约。五月十二日,晋文公把楚国的俘虏献给周襄王,有四马披甲的兵车一百辆,步兵一千人。郑文公替周襄王主持典礼仪式,用从前周平王接待晋文侯的礼节来接待晋文公。五月十四日,周襄王用甜酒款待晋文公,并劝晋文公进酒。周襄王命令尹氏、王子虎和内史叔兴父用策书任命晋文公为诸侯首领,赏赐给他一辆大辂车和整套服饰仪仗,一辆大戎车和整套服饰仪仗,红色的弓一把,红色的箭一百支,黑色的弓十把,黑色的箭一千支,黑黍米酿造的香酒一卣,勇士三百人,并说:"周王对叔父说:'恭敬地服从周王的命令,安抚四方诸侯,监督惩治坏人。'"晋文公辞让了三次,才接受了王命,说:"重耳再拜叩首,接受并发扬周天子伟大、光明、美善的命令。"晋文公接受策书退出,前后三次朝见了周襄王。

卫成公听到楚军被晋军打败了,很害怕,出逃到楚国,后又逃到陈国。卫国派元咺辅佐叔武去接受晋国与诸侯的盟约。五月二十八日,王子虎和诸侯在周王的厅堂订立了盟约,并立下誓辞说:"各位诸侯都要扶助王室,不能互相残害。如果有人违背盟誓,圣明的神灵会惩罚他,使他的军队覆灭,不能再享有国家,直到他的子孙后代,不论年长年幼,都逃不脱惩罚。"君子认为这个盟约是诚信的,说晋国在这次战役中是依凭德义进行的征讨。

当初,楚国的子玉自己做了一套用美玉装饰的冠和玉缨,还没有用上。交战之前,子玉梦见河神对自己说:"把它们送给我!我赏赐给你宋国孟诸的沼泽地。"子玉不肯送给河神。子玉的儿子大心和楚国大夫子西让荣黄去劝子玉,子玉不听。荣黄说:"人死了能对国家有利,也要去死,何况是美玉!它们不过是粪土,如果可以用来帮助军队得胜,有什么可以吝惜的?"子玉还是不听。荣黄出来告诉大心和子西说:"不是河神要让令尹打败仗,而是令尹不肯为民众尽力,实在是自找失败。"楚军战败后,楚王派人对子玉说:"如果你回楚国来,怎么对申、息两地的父老们交代呢?"子西和大心对使臣说:"子玉本来想自杀,我们两人拦住他说:'国君还要惩罚你呢。'"子玉到了连谷就自杀了。

文学常识丛书

晋文公听到子玉自杀的消息，喜形于色地说："今后没有人危害我了！楚国的劳吕臣当令尹，只知道保全自己，不会为老百姓着想。"

绝妙佳句

原田每每，舍其旧而新是谋。

9

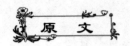

秦晋殽①之战

杞子②自郑使告于秦曰:"郑人使我掌其北门之管③,若潜师④以来,国可得也。"穆公访诸蹇叔⑤。蹇叔曰:"劳师以袭远,非所闻也。师劳力竭,远主备之,无乃⑥不可乎? 师之所为,郑必知之;勤而无所⑦,必有悖心⑧。且行千里,其谁不知?"公辞焉,召孟明、西乞、白乙⑨,使出师于东门之外。蹇叔哭之,曰:"孟子⑩,吾见师之出,而不见其入也!"公使谓之曰:"尔何知? 中寿,尔墓之木拱矣!"蹇叔之子与师,哭而送之,曰:"晋人御师⑪必于殽。殽有二陵⑫焉:其南陵,夏后皋之墓也;其北陵,文王之所辟⑬风雨也。必死是间,余收尔骨焉。"秦师遂东。

三十三春,秦师过周北门⑭,左右免胄⑮而下,超乘⑯者三百乘。王孙满⑰尚幼,观之,言于王曰:"秦师轻而无礼⑱,必败。轻则寡谋,无礼则脱⑲。入险而脱,又不能谋,能无败乎?"及滑⑳,郑商人弦高将市于周㉑,遇之,以乘韦㉒先,牛十二犒师,曰:"寡君闻吾子将步师出于敝邑,敢犒从者。不腆敝邑,为从者之淹㉓,居则具一日之积,行则备一夕之卫。"且使遽告于郑。

郑穆公使视客馆㉔,则束载、厉兵、秣马矣。使皇武子辞㉕焉,曰:"吾子淹久于敝邑,唯是脯资饩牵竭㉖矣。为吾子之将行也,郑之有原圃㉗,犹秦之有具囿㉘也,吾子取其麋鹿,以闲敝邑,若何?"

杞子奔齐，逢孙、扬孙奔宋。孟明曰："郑有备矣，不可冀也。攻之不克，围之不继，吾其还也。"灭滑而还。

晋原轸㉔曰："秦违蹇叔，而以贪勤民，天奉我也。奉不可失，敌不可纵。纵敌患生，违天不祥，必伐秦师！"栾枝㉚曰："未报秦施㉛，而伐其师，其为死君乎？"先轸曰："秦不哀吾丧，而伐吾同姓，秦则无礼，何施之为？吾闻之：'一日纵敌，数世之患也。'谋及子孙，可谓死君乎？"遂发命，遽兴姜戎㉜。子墨衰绖㉝，梁弘御戎㉞，莱驹为右㉟。

夏四月辛巳，败秦师于殽，获百里孟明视、西乞术、白乙丙以归。遂墨以葬文公，晋于是始墨。

文嬴请三帅㊱，曰"彼实构吾二君，寡君若得而食之不厌㊲，君何辱讨焉？使归就戮于秦，以逞㊳寡君之志，若何？"公许之。先轸朝，问秦囚。公曰："夫人请之，吾舍之矣。"先轸怒曰："武夫力而拘诸原，妇人暂而免诸国，堕军实而长㊴寇雠，亡无日矣！"不顾而唾。公使阳处父㊵追之，及诸河，则在舟中矣。释左骖㊶，以公命㊷赠孟明。孟明稽首㊸曰："君之惠，不以累臣衅鼓，使归就戮于秦，寡君之以为戮，死且不朽；若从君惠而免之，三年，将拜君赐。"

秦伯素服郊次㊹，乡㊺师而哭曰："孤违蹇叔，以辱二三子，孤之罪也。不替孟明，孤之罪也。大夫何罪？且吾不以一眚掩大德㊻。"

注　释

①殽(xiáo)：同"崤"，山名，在今河南省洛宁县北，地势险要。

②杞子：秦国大夫。鲁僖公三十年(公元前630年)，他和另外两位秦国大夫逢孙、扬孙受秦穆公指派，戍守于郑。

③管：钥匙。

④潜师：秘密派兵。

⑤访：询问，征求意见。诸："之于"的合音。蹇(jiǎn)叔：秦国的老臣。

⑥无乃：恐怕。

⑦勤而无所：劳苦而无所得。

⑧悖心：叛离怨恨之心。

⑨孟明：秦国贤相百里奚之子，名视，字孟明。西乞：复姓，名术。白乙：复姓，名丙。三人均为秦将。

⑩孟子：指孟明视。

⑪御师：阻击秦国的军队。御，抵抗。

⑫二陵：崤山的两座主峰。南陵即西崤山，北陵即东崤山，其间相距35里。

⑬文王：周文王。辟：同"避"。

⑭周北门：周都洛邑的北门。

⑮左右：战车左右的武士。免胄：摘下头盔，下车步行，以示对周王的尊重。

⑯超乘：一跃而登车。刚一下车就又跳上去，这是轻狂无礼的举动。

⑰王孙满：周襄王的孙子。

⑱轻而无礼：轻慢而没有礼貌。轻指"超乘"的行为，无礼指"免胄"的行为。按礼的规定，过天子之门应卷甲束兵，收起武装。

⑲脱：粗略，随便，粗心大意，意为军纪涣散。

⑳滑：姬姓小国，在今河南省滑县。

㉑市：做买卖。市于周：到周的都城做买卖。

㉒乘(shèng)韦:四张牛皮。古代一辆兵车叫一乘,每乘四匹马驾车,所以乘代指四。韦,熟牛皮。先送去四张熟牛皮,随后送去十二头牛。古人送礼,先轻后重。

㉓淹:停留。

㉔郑穆公:名兰,郑文公之子。客馆:招待外宾的住所。

㉕皇武子:郑大夫。辞:辞谢。

㉖脯(fǔ):干肉。资:通"粢",粮。饩(xì):鲜肉。牵:活着的牛羊等牲畜。竭:尽。

㉗原圃:郑国的猎苑名,在今河南中牟县西北。

㉘具囿:秦国的猎苑名,在今陕西凤翔县。

㉙原轸(zhěn):即先轸,晋大夫。因采邑于原,所以又称原轸。

㉚栾枝:晋大夫。

㉛秦施:秦国的恩惠。指晋文公出亡时,由秦资助回国之事。

㉜遽:骤然。姜戎:晋国北境的小部族,一向为秦所逐,所以愿为晋出力。

㉝衰(cuī):白色表服。绖(dié):穿孝服时系麻的麻腰带。行军时穿孝服显得不吉利,于是把丧服染成黑色。

㉞梁弘:晋大夫。御戎:驾战车。

㉟莱驹:晋大夫。为右:为车右。

㊱文嬴:晋文公的夫人,秦穆公的女儿,晋襄公的嫡母。请三帅:请求释放被俘的秦国三帅。

㊲寡君:称秦穆公。不厌:不满足。

㊳逞:满足。

㊴堕:同"隳",毁坏。军实:军队的战果。长:助长。

㊵阳处父:晋大夫,又称阳子。

群雄争锋

13

㊶释:解开。左骖:车子左边的马。

㊷公命:晋襄公的名义。

㊸稽首:拱手下拜。

㊹素服:穿着丧服。郊次:在郊外等待。

㊺乡:同"向",面对。

㊻不以一眚(shěng)掩大德:不因为有一个小错误便抹杀其大成就。眚,本指眼病,引申为毛病、过失。

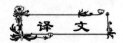

译 文

　　杞子从郑国派人向秦国报告说:"郑国人让我掌管他们国都北门的钥匙,如果偷偷派兵来袭击,郑国就可以得到了。"秦穆公为这事征求蹇叔的意见。蹇叔说:"兴师动众去袭击远方(的国家),不是我所听说过的。军队劳累不堪,力量消耗尽了,远方的君主防备着我们,恐怕不可以吧?(我们)军队的行动,郑国一定会知道,劳师动众而无所得,士兵们必然产生叛离怨恨之心。况且行军千里,谁会不知道呢?"秦穆公谢绝(蹇叔的劝告)。召集孟明、西乞、白乙,派他们带兵从东门外出发。蹇叔为这事哭着说:"孟子,我今天看着军队出征,却看不到他们回来啊!"秦穆公(听了)派人对他说:"你知道什么!(假如你只)活七十岁,你坟上的树早就长得有合抱粗了!"蹇叔的独子加入这次出征的军队,(蹇叔)哭着送他说:"晋国人必然在殽山设伏兵截击我们的军队。殽有南北两座山:南面一座是夏朝国君皋的墓地;北面一座山是周文王避过风雨的地方。(你)一定会死在这两座山之间的峡谷中,我准备到那里去收你的尸骨。"秦国的军队于是向东进发了。

　　(鲁僖公)三十三年春天,秦军经过周都城的北门,(兵车上)左右两边的战士都脱下战盔,下车(致敬),接着有三百辆兵车的战士跳跃着登上战

车。王孙满这时还小，看到这种情形，向周王说："秦国的军队轻狂而不讲礼貌，一定会失败。轻狂就少谋略，没礼貌就纪律不严。进入险境而纪律不严，又缺少谋略，能不失败吗？"经过滑国的时候，郑国商人弦高将要到周都城去做买卖，在这里遇到秦军。（弦高）先送上四张熟牛皮，再送十二头牛慰劳秦军，说："敝国国君听说你们将要行军经过敝国，冒昧地来慰劳您的部下。敝国不富裕，（但）您的部下要久住，住一天就供给一天的食粮；要走，就准备好那一夜的保卫工作。"并且派人立即去郑国报信。

郑穆公派人到宾馆察看，（原来杞子及其部下）已经捆好了行装，磨快了兵器，喂饱了马匹（准备好做秦军的内应）。（郑穆公）派皇武子去致辞，说："你们在敝国居住的时间很长了，只是敝国吃的东西快完了。你们也该要走了吧。郑国有兽园，秦国也有兽园，你们回到本国的兽园中去猎取麋鹿，让敝国得到安宁，怎么样？"（于是）杞子逃到齐国，逢孙、扬孙逃到宋国。孟明说："郑国有准备了，不能指望什么了。进攻不能取胜，包围又没有后援的军队，我们还是回去吧！"（于是）灭掉滑国就回秦国去了。

晋国的原轸说："秦国违背蹇叔的意见，因为贪得无厌而使老百姓劳苦不堪，（这是）上天送给我们的好机会。送上门的好机会不能放弃，敌人不能轻易放过。放走了敌人，就会产生后患，违背了天意，就会不吉利。一定要讨伐秦军！"栾枝说："没有报答秦国的恩惠而去攻打它的军队，难道（心目中）还有已死的国君吗？"先轸说："秦国不为我们的新丧举哀，却讨伐我们的同姓之国，秦国就是无礼，我们还报什么恩呢？我听说过：'一旦放走了敌人，会给后世几代人留下祸患。'为后世子孙考虑，可说是为了已死的国君吧！"于是发布命令，立即调动姜戎的军队。晋襄公把白色的孝服染成黑色，梁弘为他驾御兵车，莱驹担任车右武士。

这一年夏季四月十三日这一天，（晋军）在殽山打败了秦军，俘虏了秦军三帅孟明视、西乞术、白乙丙而回。于是就穿着黑衣服给晋文公送葬，晋

群雄争锋

国从此以黑衣服为丧服。

（晋文公的夫人）文嬴向晋襄公请求把秦国的三个将帅放回去，说："他们的确是离间了我们秦晋两国国君的关系。秦穆公如果得到这三个人，就是吃了他们的肉都不解恨，何劳您去惩罚他们呢？让他们回到秦国去受刑，以满足秦穆公的心愿，怎么样？"晋襄公答应了她。先轸朝见襄公，问起秦国的囚徒哪里去了。襄公说："夫人为这事情请求我，我把他们放了。"先轸愤怒地说："战士们花了很大的力气，才把他们从战场上抓回来，妇人几句谎话就把他们放走，毁了自己的战果而助长了敌人的气焰，亡国没有几天了！"不回头就（对着襄公）吐了口唾沫。晋襄公派阳处父去追孟明等人，追到河边，（孟明等人）已登舟离岸了。阳处父解下车左边的骖马，（假托）晋襄公的名义赠给孟明。孟明（在船上）叩头说："贵国国君宽宏大量，不把我们这些俘虏的血涂抹战鼓，让我们回到秦国去受死刑，如果国君把我们杀死，死了也不会忘记（这次的失败）。如果尊从晋君的好意赦免了我们，三年后将要来拜谢晋军的恩赐！"

秦穆公穿着白色的衣服在郊外等候，对着被释放回来的将士哭着说："我违背了蹇叔的劝告，让你们受了委屈，这是我的罪过。没有废弃孟明，这是我的错误。大夫有什么罪呵！况且我不会因为一次过失而抹杀他的大功劳。"

绝妙佳句

轻则寡谋，无礼则脱。

文学常识丛书

齐晋鞌①之战

癸酉，师陈②于鞌。邴夏御齐侯③，逢丑父④为右。晋解张御郤克⑤，郑丘缓⑥为右。齐侯曰："余姑翦灭此而朝食⑦！"不介马而驰之。郤克伤于矢，流血及屦⑧，未绝鼓音⑨，曰："余病矣！"张侯曰："自始合⑩，而矢贯余手及肘，余折以御，左轮朱殷。岂敢言病？吾子忍之。"缓曰："自始合，苟有险，余必下推车，子岂识之？然子病矣！"张侯曰："师之耳目，在吾旗鼓，进退从之。此车一人殿之⑪，可以集事⑫。若之何其以病败君之大事也？擐甲执兵⑬，固即死也。病未及死，吾子勉之！"左并辔⑭，右援枹而鼓⑮。马逸不能止，师从之。齐师败绩⑯。逐之，三周华不注⑰。

韩厥梦子舆⑱谓己曰："旦辟左右。"故中御⑲而从齐侯。邴夏曰："射其御者，君子也。"公曰："谓之君子而射之，非礼也。"射其左，越于车下；射其右，毙于车中。綦毋张⑳丧车，从韩厥曰："请寓乘。"从左右，皆肘之，使立于后。韩厥俛定㉑其右。

逢丑父与公易位。将及华泉㉒，骖絓㉓于木而止。丑父寝于辗㉔中，蛇出于其下，以肱击之，伤而匿之，故不能推车而及。韩厥执絷㉕马前，再拜稽首，奉觞加璧㉖以进，曰："寡君使群臣为鲁卫请，曰：'无令舆师陷入君地。'下臣不幸，属当戎行，无所逃隐，且惧奔辟而忝㉗两君。臣辱戎士，敢告不敏，摄官㉘承乏。"丑父使公

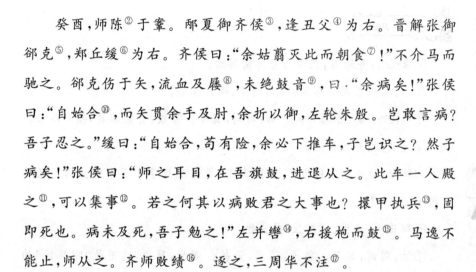

下，如华泉取饮。郑周父御佐车㉙，宛茷㉚为右，载齐侯以免。

韩厥献丑父，郤献子㉛将戮之。呼曰："自今无有代其君任患者，有一于此，将为戮乎？"郤子曰："人不难以死免㉜其君，我戮之不祥。赦之，以劝事君者㉝。"乃免之。

注　释

①鞌(ān)：齐地名，在今山东济南附近。

②师：指齐晋两国军队。陈：列阵，摆开阵势。

③邴(bǐng)夏：齐国大夫。御：动词，驾车。齐侯：齐国国君，指齐顷公。

④逢丑父：齐国大夫。

⑤解张：晋臣。郤(xì)克：晋国大夫，是这次战争中晋军的主帅。又称郤献子、郤子等。

⑥郑丘缓：晋臣。"郑丘"是复姓。

⑦姑：副词，姑且。翦灭：消灭，灭掉。朝食：早饭，这里是"吃早饭"的意思。

⑧屦(jù)：用麻葛等物制成的鞋。

⑨未绝鼓音：鼓声不断。古代车战，主帅居中，亲掌旌(qí)鼓，指挥军队。"兵以鼓进"，击鼓是进军的号令。

⑩自始合：从开始交战。合，交战。

⑪殿之：镇守它。殿，镇守。

⑫可以集事：可以(之)集事，可以靠它(主帅的车)成事。以，介词，凭着、依靠。集事，成事，指战事成功。

⑬擐(huàn)：穿上。执兵：拿起武器。

⑭并：动词，合并。辔：马缰绳。古代一般是四匹马拉一车，共八条马

缰绳,两边的两条系在车上,六条在御者手中,御者双手执之。

⑮援:拿过来。枹(fú):击鼓槌。鼓:动词,敲鼓。

⑯败绩:大败。

⑰周:动词,绕,绕行。华不注:山名,在今山东济南东北。

⑱韩厥:晋大夫,在这次战役中任司马(掌祭祀、赏罚等)。子舆:韩厥的父亲。

⑲中御:立在车的中央(代替御者)驾车。古代乘车之法,战争时除主帅之外,将领居车之左,御者居中。

⑳綦(qí)毋张:晋国大夫。姓綦毋,名张。

㉑俛(fǔ):同"俯",俯身,弯下身子。定:稳定,稳当。这里是"放稳当"的意思。

㉒及:至,到。华泉:泉名,在华不注山下。

㉓骖:骖马。古代用三马或四马驾车,中间驾辕的马叫服马,左右两边的马叫骖马。絓(guà):受阻,绊住。

㉔辚(zhàn):棚车,有棚的卧车。

㉕絷(zhí):绊马索。

㉖奉:捧。觞(shāng):古代喝酒用的器具,犹如后代的酒杯。加:加上,放上。璧:玉环的一种。

㉗忝(tiǎn):辱。

㉘摄官:代理职务。摄,兼任、代理。

㉙郑周父:齐臣。佐车:诸侯的副车。

㉚宛茷:齐臣。

㉛郤献子:即郤克。

㉜难:认为……难,把……看作难事。免:使……免,使……脱身。使动用法。

㉝劝:鼓励,勉励。事君者:侍奉国君的人。

译 文

　　六月十七日,齐晋两军在鞌地摆开阵势。邴夏为齐侯驾车,逢丑父坐在车右做了齐侯的护卫。晋军解张替郤克驾车,郑丘缓做了郤克的护卫。齐侯说:"我姑且消灭晋军再吃早饭!"不给马披甲就驱车进击晋军。郤克被箭射伤,血一直流到鞋上,但是进军的鼓声仍然没有停息。郤克说:"我受重伤了!"解张说:"从一开始交战,箭就射穿了我的手和胳膊肘,我折断箭杆照样驾车,左边的车轮被血染得殷红,哪里敢说受了重伤?您就忍耐它一点吧。"郑丘缓说:"从开始交战以来,如果遇到险峻难走的路,我必定要下来推车,您是否知道这种情况呢?不过您的伤势确实太严重了!"解张说:"全军的人都听着我们的鼓声,注视着我们的旗帜,或进或退都跟随着我们。这辆车只要一人镇守,就可以凭它成事。怎么能因受伤而败坏国君的大事呢?穿上铠甲,拿起武器,本来就抱定了必死的决心。受了重伤还没有到死,您还是努力地干吧!"于是左手一并握住缰绳,右手取过鼓槌击鼓。马狂奔不止,全军跟着他们冲锋。齐军溃败。晋军追击齐军,绕着华不注山追了三圈。

　　(头天夜里)韩厥梦见父亲子舆对自己说:"明天早晨不要站住兵车的左右两侧。"因此他就在车当中驾车追赶齐侯。邴夏说:"射那个驾车的,他是个君子。"齐侯说:"认为他是君子反而射他,这不合于礼。"射韩厥的车左,车左坠掉在车下;射他的车右,车右倒在车中。綦毋张的兵车坏了,跟着韩厥说:"请允许我搭你的车。"上车后,綦毋张站在兵车的左边和右边,韩厥都用肘撞他,让他站在身后。韩厥低下身子放稳当被射倒的车右。

　　逢丑父乘机同齐侯互换了位置。将要到华泉,骖马被树木绊住不能再跑了。头天晚上，丑父在栈车里睡觉，一条蛇爬在他身子下边，他用手臂去打蛇，手臂被咬伤，却隐瞒了这件事，所以今天不能推车而被韩厥追上。韩厥拿着拴马的绳子站在齐侯的马前，拜两拜，然后稽首，捧着酒杯加上玉璧献上，说："我国国君派群臣替鲁、卫两国请求，说'不要让军队深入齐国领土。'我不幸恰巧遇上你们兵车的行列，没有逃避隐藏的地方，而且怕因为逃跑躲避会给两国的国君带来耻辱。我不称职地当了个战士，冒昧地向您禀告，我迟钝不会办事，只是人才缺乏充当了这个官职。"冒充齐侯的丑父叫齐侯下车到华泉去取水喝。郑周父驾御副车，宛筏为车右，载着齐侯逃走而免于被俘。

　　韩厥献上丑父，郤克准备杀掉他。丑父大喊道："从今以后再没有替代他国君受难的人了，有一个这样的人，还要被杀掉吗？"郤克说："一个人不把用死来使他的国君免于祸患看作难事，我杀掉他是不吉利的。赦免他，用来鼓励侍奉国君的人。"于是不杀他。

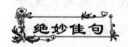

绝妙佳句

　　师之耳目，在吾旗鼓，进退从之。此车一人殿之，可以集事。

晋楚鄢陵之战

六月，晋、楚遇于鄢陵①。范文子②不欲战。郤至曰:"韩之战,惠公不振旅③;箕之役,先轸不反命④;邲⑤之师,荀伯不复从⑥。皆晋之耻也! 子亦见先君之事矣,今我辟楚,又益耻也。"文子曰:"吾先君之亟⑦战也,有故。秦、狄、齐、楚皆强,不尽力,子孙将弱。今三强服矣,敌,楚而已。唯圣人能外内无患。自非圣人,外宁必有内忧。盍释楚以为外惧乎?"

甲午晦⑧,楚晨压晋军而陈。军吏患之。范匄趋进⑨,曰:"塞井夷灶⑩,陈于军中,而疏行首⑪。晋、楚唯天所授,何患焉?"文子执戈逐之,曰:"国之存亡,天也,童子何知焉?"栾书曰:"楚师轻佻,固垒而待之,三日必退。退而击之,必获胜焉。"郤至曰:"楚有六间,不可失也:其二卿相恶⑫;王卒以旧;郑陈而不整;蛮军⑬而不陈;陈不违晦⑭;在陈而嚣,合而加嚣,各顾其后,莫有斗心。旧不必良,以犯天忌⑮,我必克之。"

楚子登巢车⑯,以望晋军。子重使大宰伯州犁⑰侍于王后。王曰:"骋而左右,何也?"曰:"召军吏也。""皆聚于中军矣。"曰:"合谋也。""张幕矣。"曰:"虔卜于先君也。""彻幕矣。"曰:"将发命也。""甚嚣,且尘上矣。"曰:"将塞井夷灶而为行也。""皆乘矣,左右执兵而下矣。"曰:"听誓也。""战乎?"曰:"未可知也。""乘而左右皆下矣。"曰:"战祷也。"伯州犁以公卒告王。苗贲皇⑱在晋侯之侧,亦以王卒告。皆曰:"国士⑲在,且厚⑳,不可当也。"苗贲皇言于晋侯曰:"楚之良,在其中军王族而已。请分良以击其左右,而三军萃于王卒,必大败之。"公筮之,史曰:"吉。其卦遇'复',曰:'南国蹙㉑,射其元王㉒,中厥目。'国蹙、王伤,不败何待?"公从之。

群雄争锋

注 释

①鄢陵:郑国地名,在今河南鄢陵。

②范文子:即士燮(xiè)。

③不振旅:军旅不振,意思是战败。

④不反命:不能回国复君命。

⑤邲(bì):郑国地名,在今河南郑州西北。

⑥荀伯:即荀林父,邲之战中晋军主帅。不复从:不能从原路退兵,即战败逃跑。

⑦亟(qì):多次,屡次。

⑧晦:夏历每月的最后一天。

⑨范匄(gài):范文子士燮的儿子,又称范宣子。趋进:快步向前。

⑩塞:填。夷:平。

⑪行首:行道。疏行首:把行列间的通道疏通。

⑫二卿:指子重和子反。相恶:不和。

⑬蛮军:指楚国带来的南方少数民族军队。

⑭违晦:避开晦日。古人认为月末那天不适宜用兵。

⑮犯天忌:指晦日用兵。

⑯楚子:指楚共王。巢车:一种设有瞭望楼的兵车,用以望远。

⑰伯州犁：晋国大夫伯宗的儿子，伯宗死后他逃到楚国当了太宰。

⑱苗贲(bēn)皇：楚国令尹斗椒的儿子。

⑲国士：国中精选的武士。

⑳厚：指人数众多。

㉑南国：指楚国。蹙(cù)：窘迫。

㉒元王：元首，指楚共王。

译文

六月，晋国军队和楚国军队在鄢陵相遇。士燮不想同楚军交战。郤至说："秦、晋韩原之战，惠公未能整军而归；晋、狄箕之战，主帅先轸不能回来复命；晋、楚邲之战，主帅荀伯兵败溃逃。这些都是晋国的奇耻大辱！你也见过先君这些战事，现在我们躲避楚军，就有增加了耻辱。士燮说："我们先君多次作战是有原因的。秦、狄、齐、楚都是强国，如果我们不尽力，子孙后代就将被削弱。现在秦、狄、齐三个强国已经屈服了敌人只有一个楚国罢了。只有圣人才能做到国家内部和外部不存在忧患。如果不是圣人，外部安宁就必定会有内部忧患。为什么不暂时放过楚国，使晋国对外保持警惕呢？"

六月二十九日，月末的最后一天，楚军一大早就逼近了晋军，并摆开了阵势。晋军军官感到了害怕。范匄快步走上前来说："把井填上，把灶铲平，在自己军营中摆开阵势，把队伍之间的行道疏通。晋国和楚国都是天意所归的国家，有什么可担心的？"士燮听了气得拿起戈赶他出去，并说："国家的存亡，是天意决定的，小孩子知道什么？"栾书说："楚军轻浮急噪，我们坚守营垒等待着，三天之后楚军一定会撤退。他们退走时我们再出击，必定会取得胜利。"郤至说："楚军有六个弱点，我们不要放过机会：他们的两个统帅彼此不和；楚王的亲兵都是贵族子弟；郑国军队虽然摆出了阵势，但是军容不整；楚军中的蛮人虽然成军,但不能布成阵势;布阵不避开月末这天;他们的士兵在阵中很吵闹,遇上交战会更吵闹,个人只注意自己的退路,没有斗志。贵族子弟也并非精兵,月末用兵又犯了天忌,我们一定能战胜他们。"

楚王登上了巢车,观望晋军的动静。子重派太宰伯州犁在楚王后面陪着。楚王问道:"晋军正驾着兵车左右奔跑,这是怎么回事?"伯州犁回答说:"是召集军官。"楚王说:"那些人都到中军集合了。"伯州犁说:"这是在开会商量。"楚王说:"搭起帐幕了。"伯州犁说:"这是晋军虔诚地向先君卜吉凶。"楚王说:"撤去帐幕了。"伯州犁说:"快要发布命令了。"楚王说:"非常喧闹,而且尘土飞扬起来了。"伯州犁说:"这是准备填井平灶,摆开阵势。"楚王说:"都登上了战车,左右两边的人又拿着武器下车了。"伯州犁说:"这是听取主帅发布誓师令。"楚王问道:"要开战了吗?"伯州犁回答说:"还不知道。"楚王说:"又上了战车,左右两边的人又都下来了。"伯州犁说:"这是战前向神祈祷。"伯州犁把晋侯亲兵的位置告诉了楚共王。苗贲皇在晋厉公身旁,也把楚共王亲兵的位置告诉了晋厉公。晋厉公左右的将士都说:"楚国最出色的武士都在中军,而且人数众多,不可抵挡。"苗贲皇对晋厉公说:"楚国的精锐部队只不过是中军里那些楚王的亲兵罢了。请分出一些精兵来攻击楚国的左右两军,再集中三军攻打楚王的亲兵,一定能把它们打得大败。"晋厉公卜筮问吉凶,卜官说:"大吉。得的是个'复'卦,卦辞说:'南国蹙迫,用箭射它的国王,射中他的眼睛。'国家蹙迫,国君受伤,不打败仗还会有什么呢?"晋厉公听从了卜官的话。

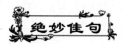

绝妙佳句

自非圣人,外宁必有内忧。

作品简介

　　《国语》是我国最早的国别体史书，共 21 卷，全书按周、鲁、齐、晋、郑、楚、吴、越八国分国编次，记载了从周穆王到周贞定王（公元前 990 年—前 453 年）前后五百多年的史事，反映了这一漫长历史时期诸侯各国的交注、争战等情况。

　　全书以记言为主，与《左传》重记事不同。语言艺术虽不及《左传》，但说理严密，刻划人物也比较形象生动，对后代散文有很大影响，在我国文学史上有重要地位。

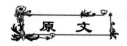

原文

勾践灭吴

越王勾践栖于会稽①之上，乃号令于三军曰："凡我父兄昆弟及国子姓②，有能助寡人谋而退吴者，吾与之共知③越国之政。"大夫种④进对曰："臣闻之，贾人夏则资皮，冬则资绨⑤，旱则资舟，水则资车，以待乏也。夫虽无四方之忧，然谋臣与爪牙之士，不可不养而择也。譬如蓑笠，时雨既至，必求之。今君王既栖于会稽之上，然后乃求谋臣，无乃后⑥乎？"勾践曰："苟得闻子大夫⑦之言，何后之有？"执其手而与之谋。

遂使之行成⑧于吴，曰："寡君勾践乏无所使，使其下臣种，不敢彻声闻于天王，私于下执事⑨曰：'寡君之师徒，不足以辱君⑩矣，愿以金玉、子女赂君之辱。请勾践女女于王⑪，大夫女女于大夫，士女女于士，越国之宝器毕从；寡君帅越国之众以从君之师徒，惟君左右⑫之。若以越国之罪为不可赦也，将焚宗庙，系妻孥⑬，沉金玉于江，有带甲五千人，将以致死，乃必有偶，是以带甲万人事君也，无乃即伤君王之所爱乎！与其杀是人也，宁其得此国也，其孰利乎？'"

夫差将欲听与之成。子胥⑭谏曰："不可！夫吴之与越也，仇雠敌战之国也；三江⑮环之，民无所移。有吴则无越，有越则无吴，将不可改于是矣。员闻之，陆人居陆，水人居水，夫上党之国⑯，我

27

攻而胜之,吾不能居其地,不能乘其车;夫越国,吾攻而胜之,吾能居其地,吾能乘其舟。此其利也,不可失也已。君必灭之。失此利也,虽悔之,必无及已。"

越人饰美女八人,纳之太宰嚭⑰,曰:"子苟赦越国之罪,又有美于此者将进之。"太宰嚭谏曰:"嚭闻伐国者,服之而已。今已服矣,又何求焉!"夫差与之成而去之。

勾践说于国人曰:"寡人不知其力之不足也,而又与大国执仇,以暴露百姓之骨于中原⑱,此则寡人之罪也。寡人请更。"于是葬死者,问伤者,养生者;吊有忧,贺有喜;送往者,迎来者;去民之所恶,补民之不足。然后卑事夫差,宦士三百人于吴,其身亲为夫差前马⑲。

文学常识丛书

勾践之地,南至于句无⑳,北至于御儿㉑,东至于鄞㉒,西至于姑蔑㉓,广运百里㉔。乃致其父兄昆弟而誓之曰:"寡人闻,古之贤君,四方之民归之,若水归下也。今寡人不能,将帅二三子夫妇以蕃㉕。"令壮者无取㉖老妇,令老者无取壮妻;女子十七不嫁,其父母有罪;丈夫二十不取,其父母有罪。将免㉗者以告,公令医守之。生丈夫,二壶酒,一犬;生女子,二壶酒,一豚㉘;生三人,公与之母;生二人,公与之饩㉙。当室者㉚死,三年释其政;支子死,三月释其政,必哭泣葬埋之如其子。令孤子、寡妇、疾疹、贫病者,纳官其子。其达士,絜㉛其居,美其服,饱其食,而摩厉㉜之于义。四方之士来者,必庙礼之㉝。勾践载稻与脂于舟以行。国之孺子之游者,无不铺也,无不歠㉞也,必问其名。非其身之所种则不食,非其夫人之所织不衣。十年不收于国,民俱有三年之食。

国之父兄请曰:"昔者夫差耻吾君于诸侯之国,今越国亦节矣,请报之!"勾践辞曰:"昔者之战也,非二三子之罪也,寡人之罪也。如寡人者,安与知耻?请姑无庸战。"父兄又请曰:"越四封之内,亲吾君也,犹父母也。子而思报父母之仇,臣而思报君之仇,其有敢不尽力者乎?请复战!"勾践既许之,乃致其众而誓之,曰:"寡人闻古之贤君,不患其众之不足也,而患其志行之少耻也。今夫差衣水犀之甲者亿有三千③,不患其志行之少耻也,而患其众之不足也。今寡人将助天灭之。吾不欲匹夫之勇也,欲其旅③进旅退也。进则思赏,退则思刑;如此,则有常赏③。进不用命,退则无耻;如此,则有常刑。"

果行,国人皆劝。父勉其子,兄勉其弟,妇勉其夫,曰:"孰是君也,而可无死乎?"是故败吴于囿③,又败之于没③,又郊败之。

夫差行成,曰:"寡人之师徒不足以辱君矣!请以金玉子女,赂君之辱!"勾践对曰:"昔天以越予吴,而吴不受命;今天以吴予越,越可以无听天命而听君之令乎?吾请达王甫、句东④,吾与君为二君乎!"夫差对曰:"寡人礼先壹饭④矣。君若不忘周室而为弊邑寰宇④,亦寡人之愿也。君若曰:'吾将残汝社稷,灭汝宗庙',寡人请死!余何面目以视于天下乎?越君其次④也!"遂灭吴。

注 释

①勾践:越王允常之子。允常初曾与吴王阖闾互相攻伐,允常死,吴乃乘越之丧伐越,竟为勾践所败,阖闾伤指而死。栖:本指居住,此指退守。会稽:山名,在今浙江绍兴市东南。

②昆弟:即兄弟。国子姓:国君的同姓,即百姓。

③知:主持,过问,参与。

④种:即文种,字子禽,楚国郢人,入越后,与范蠡同助勾践,终灭吴。功成,文种为勾践所忌,赐剑自杀。

⑤绤(chī):细葛布。

⑥无乃:恐怕。后:迟,晚。

⑦子大夫:对大夫(文种)的尊称。

⑧行成:求和并达成协议。

⑨下执事:下级办事官员。

⑩师徒:指军队士兵。辱君:屈尊您(亲自来讨伐)。辱,表示谦卑的说法。

⑪请勾践女女于王:第一个"女"作名词,指勾践的女儿,第二个"女"作动词,指做婢妾。下两句同。

⑫左右:作动词,处置、调遣的意思。

⑬孥(nú):子女。

⑭子胥(xū):即伍子胥,名员,吴大臣。

⑮三江:指钱塘江、吴江、浦阳江。

⑯上党之国:此指中原各国。

⑰太宰:官名。嚭(pǐ):人名,夫差的亲信。

⑱中原:此指原野。

⑲前马:仪仗队中乘马开道的人。

⑳句无:地名,在今浙江省诸暨(jì)市南。

㉑御儿:地名,在今浙江省嘉兴市境。

㉒鄞(yín):地名,在今浙江省宁波市。

㉓姑蔑:地名,在今浙江省衢(qú)县东北。

文学常识丛书

㉔广运百里:方圆百里。东西为广,南北为运。

㉕二三子:你们,指百姓。蕃:繁殖人口。

㉖取:同"娶"。

㉗免:同"娩",指生育。

㉘豚(tún):小猪,也泛指猪。

㉙饩(xì):口粮。

㉚当室者:负担家务的长子。

㉛絜(jié):同"洁"。

㉜摩厉:同"磨砺",这里有激励的意思。

㉝庙礼之:在宗庙里接见,以示尊重。

㉞歠(chuò):给水饮。

㉟衣:动词,穿。水犀之甲:用水犀皮做的铠甲。亿有三千:言吴兵有十万三千人。亿,这里指十万。

㊱旅:俱。

㊲常赏:合于常规的赏赐,下文"常刑"指合于常规的刑罚。

㊳囿(yòu):即笠泽,吴地名,今太湖一带。

㊴没:吴地名。

㊵达:遗送。甬、句东:甬江和勾章以东。指今浙江省舟山县。句,同"勾"。

㊶壹饭:小小的恩惠。指曾有恩于越(指曾同意与越议和)。

㊷不忘周室:吴是周的同姓,故曰。寰宇:指屋檐下,也泛指房屋住处。

㊸次:驻扎。

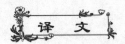

　　越王勾践退守会稽山后，就向全军发布号令说："凡是我的父辈兄弟及全国百姓，哪个能够协助我击退吴国的，我就同他共同管理越国的政事。"大夫文种向越王进谏说："我听说过，商人在夏天就预先积蓄皮货，冬天就预先积蓄夏布，行旱路就预先准备好船只，行水路就预先准备好车辆，以备需要时用。一个国家即使没有外患，然而有谋略的大臣及勇敢的将士不能不事先培养和选择。就如蓑衣斗笠这种雨具，到下雨时，是一定要用上它的。现在您大王退守到会稽山之后，才来寻求有谋略的大臣，恐怕太晚了吧?"勾践回答说："能听到大夫您的这番话，怎么能算晚呢?"说罢，就握着大夫文种的手，同他一起商量灭吴之事。

　　随后，越王就派文种到吴国去求和。文种对吴王说："我们越国派不出有本领的人，就派了我这样无能的臣子，我不敢直接对您大王说，我私自同您手下的臣子说：我们越王的军队，不值得屈辱大王再来讨伐了，越王愿意把金玉及子女，奉献给大王，以酬谢大王的辱临。并请允许把越王的女儿做大王的婢妾，大夫的女儿做吴国大夫的婢妾，士的女儿做吴国士的婢妾，越国的珍宝也全部带来；越王将率领全国的人，编入大王的军队，一切听从大王的指挥。如果您大王认为越王的过错不能宽容，那么我们将烧毁宗庙，把妻子儿女捆绑起来，连同金玉一起投到江里，然后再带领现在仅有的五千人同吴国决一死战，那时一人就必定能抵两人用，这就等于是拿一万人的军队来对付您大王了，结果不免会使越国百姓和财物都遭到损失，岂不影响到大王加爱于越国的仁慈恻隐之心了吗？是情愿杀了越国所有的人，还是不费力气得到越国，请大王衡量一下，哪种有利呢?"

　　吴王夫差准备接受文种的意见，同越国订立和约。吴王的大夫伍子胥劝阻说："不行！吴国同越国，是世代互相仇视，互相攻伐的国家，三条江河环绕着两国的国土,两国的人民都不愿迁移到别的地方去,因此有吴国的存在就不可能有越国的存在,有越国的存在就不可能有吴国的存在。这种势不两立的局面是无法改变的。我还听说,旱地的人习惯于旱地的生活,水乡的人习惯于水乡的生活,那些中原的国家,即使战胜了它们,我国百姓也不习惯在那里居住,不习惯使用他们的车辆;那越国,如若战胜了它,我国百姓既习惯在那里居住,也习惯使用它们的船只,这种有利条件不能错过。希望君王一定要灭掉越国!如果放弃了这些有利条件,一定会后悔莫及的。"

越国打扮了八个美女,送给吴国的太宰嚭,并对他说:"您如果能宽恕越国的罪过,同意求和,还有比这更漂亮的美女送给您。"于是太宰嚭向吴王进谏说:"我听说古时攻打别国的,对方屈服了就算了;现在越国已向我们屈服了,还有什么要求呢?"吴王夫差采纳了太宰嚭的意见,同越国订立了和约,让文种回越国去了。

越王勾践向百姓解释说:"我没有估计到自己力量的不足,去同强大的吴国结仇,以致使得我国广大百姓战死在原野上,这是我的过错,请允许我改正!"然后埋葬好战死的士兵的尸体,慰问负伤的士兵;对有丧事的人家,越王就亲自前去吊唁,有喜事的人家,又亲自前去庆贺;百姓有远出的,就亲自欢送,有还家的,就亲自迎接;凡是百姓所憎恶的事,就清除它,凡是百姓急需的事,就及时办好它。然后越王勾践又自居于卑位,去侍奉夫差,并派了三百名士人去吴国做臣仆,勾践还亲自给吴王充当马前卒。

越国的地盘,南面到句无,北面到御儿,东面到鄞,西面到姑蔑,面积总共百里见方。越王勾践召集父老兄弟宣誓说:"我听说古代的贤明君主,四面八方的百姓来归附他就像水往低处流似的。如今我无能,只能带领男女百姓繁殖人口。"然后就下令年轻力壮的男子不许娶老年妇女,老年男子不能娶年轻的妻子;姑娘到了十七岁还不出嫁,她的父母就要判罪,男子到了二十岁不娶妻子,他的父母也要判刑。孕妇到了临产时,向官府报告,官府就派医生去看护。如果生男孩就赏两壶酒,一条狗;生女孩,就赏两壶酒,一头猪;一胎生了三个孩子,由官家派给乳母,一胎生了两个孩子,由官家供给口粮。嫡子为国事死了,免去他家三年徭役;庶子死了,免去他家三个月的徭役,并且也一定像埋葬嫡子一样哭泣着埋葬他。那些孤老、寡妇、患疾病的、贫困无依无靠的人家,官府就收养他们的孩子。那些知名之士,官家就供给他整洁的住舍,分给他漂亮的衣服和充足的粮食,激励他们为国尽力。对于到越国来的各方有名人士,一定在庙堂上接见,以示尊重。勾践还亲自用船装满了粮食肉类到各地巡视,遇到那些漂流在外的年轻人,就供给他们饮食,还要询问他们的姓名。勾践本人也亲自参加劳动,不是自己种出来的东西就决不吃,不是自己妻子织的布就不穿。十年不向百姓征收赋税,百姓中每家都储存了三年的口粮。

文学常识丛书

这时,全国的父老兄弟都向越王勾践请求说:"从前,吴王夫差让我们的国君在诸侯之中受屈辱,如今我们越国也已经上了轨道,请允许让我们报这个仇吧!"勾践辞谢说:"过去我们被吴国打败,不是百姓的过错,是我的过错,像我这样的人,哪里懂得什么叫受耻辱呢?请大家还是暂且不要同吴国作战吧!"(过了几年)父老兄弟又向越王勾践请求说:"越国四境之内的人,都亲近我们越王,就像亲近父母一样。儿子想为父母报仇,大臣想为君王报仇,哪有敢不竭尽全力的呢?请允许同吴国再打一仗吧!"越王勾践答应了大家的请求,于是召集大家宣誓道:"我听说古代贤能的国君,不担心军队人数的不足,却担心军队士兵不懂什么叫羞耻,现在吴王夫差有穿着用水犀皮做成的铠甲的士兵十万三千人,可是夫差不担心他的士兵不懂得什么叫羞耻,只担心军队人数的不足。现在我要协助上天灭掉吴国。我不希望我的士兵只有一般人的血气之勇,而希望我的士兵能做到命令前进就共同前进,命令后退就共同后退。前进时想到会得到奖赏,后退时想到会受到惩罚,这样,就有合乎常规的赏赐。进攻时不服从命令,后退时不顾羞耻,这样就有了合乎常规的刑罚了。"

于是越国就果断地行动起来,全国上下都互相勉励。父亲勉励他的儿子,兄长勉励他的弟弟,妻子勉励她的丈夫。他们说:"哪有像我们这样的国君,我们哪能不愿战死在疆场上呢?"所以首战就使吴国在囿地吃了败仗,接着又使他们在没地受挫,在吴国国都的郊野又把吴军打得大败。

吴王夫差派人向越求和,说:"我的军队不值得越王来讨伐,请允许我用财宝子女慰劳越王的辱临!"勾践回答说:"先前上天把越国送给吴国,吴国却不接受天命,如今上天把吴国送给越国,越国怎能不听从天命而听从您呢?我要把您送到甬江、勾章以东地方去,我同您像两个国君一样,您认为如何?"夫差回答说:"从礼节上讲,我对越王已有过小小的恩惠了。如果越王看在吴与周是同姓的情分上,给吴一点庇护,那就是我的愿望啊!越王如果说:'我要摧毁吴国的国土,灭掉吴国的宗庙',那就请求让我死吧!我还有什么脸面去见天下百姓呢?越军可以进驻吴国了!"于是越国就灭掉了吴国。

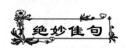

去民之所恶,补民之不足。

作者简介

司马迁(公元前145—前90年),字子长,夏阳(今陕西省韩城西南)人,西汉著名史学家、文学家。10岁能诵古文,20岁外出考察,足迹遍南北。初任郎中。元封三年(公元前108年)继父职,任太史令,得以博览皇家珍藏的大量图书和文献。太初元年(公元前104年),与唐都、落下闳等进行历法改革,共订《太初历》。在《史记》草创未就之时,因替投降匈奴的李陵辩护,下狱受腐刑。出狱后任中书令(掌管皇家机要文件),发愤著书,在公元前91年前后完成《史记》。

《史记》是我国第一部纪传体通史,记载了从传说中的黄帝到汉武帝3000年间的历史。全书130篇,包括本纪12篇,世家30篇,列传70篇,书8篇,年表10篇,共526500字。本纪记帝王,世家述诸侯,列传叙人臣,书记礼、乐、音律、历法、天文、封禅、水利、财用。刘向等人都认为此书"善序事理,辩而不华,质而不俚"。鲁迅更评为"史家之绝唱,无韵之《离骚》",有很高的文学价值。

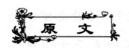

长平之战

四十四年,白起攻南阳太行道,绝①之。

四十五年,伐韩之野王。野王降秦,上党道绝。其守冯亭与民谋曰:"郑道已绝,韩必不可得为民。秦兵日进,韩不能应,不如以上党归赵。赵若受我,秦怒,必攻赵。赵被②兵,必亲韩。韩、赵为一,则可以当秦。"因使人报赵。赵孝成王与平阳君、平原君③计之。平阳君曰:"不如勿受。受之,祸大于所得。"平原君曰:"无故得一郡,受之便。"赵受之,因封冯亭为华阳君。

四十六年,秦攻韩缑氏、蔺,拔之。

四十七年,秦使左庶长王龁攻韩,取上党。上党民走赵。赵军长平④,以按据⑤上党民。四月,龁因攻赵。赵使廉颇将。赵军士卒犯秦斥兵⑥,秦斥兵斩赵裨将⑦茄。六月,陷赵军,取二鄣四尉。七月,赵军筑垒壁而守之。秦又攻其垒,取二尉,败其阵,夺西垒壁。廉颇坚壁以待秦,秦数⑧挑战,赵兵不出。赵王数以为让⑨。而秦相应侯又使人行千金于赵为反间⑩,曰:"秦之所恶,独畏马服子赵括将⑪耳,廉颇易与⑫,且降矣。"赵王既怒廉颇军多失亡,军数败,又反坚壁不敢战,而又闻秦反间之言,因使赵括代廉颇将以击秦。秦闻马服子将,乃阴使武安君白起为上将军;而王龁为尉裨将,令军中有敢泄武安君将者斩。赵括至,则出兵击秦

37

军。秦军详⑬败而走，张二奇兵以劫之。赵军逐胜，追造秦壁。壁坚拒不得入，而秦奇兵二万五千人绝赵军后，又一军五千骑绝赵壁间，赵军分而为二，粮道绝。而秦出轻兵击之。赵战不利，因筑壁坚守，以待救至。秦王闻赵食道绝，王自之河内，赐民爵各一级，发年十五以上悉诣⑭长平，遮绝赵救及粮食。

至九月，赵卒不得食四十六日，皆内阴相杀食。来攻秦垒，欲出。为四队，四五复之，不能出。其将军赵括出锐卒自搏战，秦军射杀赵括。括军败，卒四十万人降武安君。武安君计曰："前秦已拔上党，上党民不乐为秦而归赵。赵卒反覆，非尽杀之，恐为乱。"乃挟诈而尽坑杀⑮之，遗其小者二百四十人归赵。前后斩首虏四十五万人。赵人大震。

注　释

① 绝：断绝，截断。

② 被：遭受。

③ 平阳君：赵豹的封号。平原君：赵胜的封号。

④ 军：屯兵。长平：赵邑，在今山西高平西北。

⑤ 按据：按兵据援。

⑥ 斥兵：侦察兵。

⑦ 裨(pí)将：副将。

⑧ 数：多次，屡次。

⑨ 让：责备。

⑩ 应侯：即范雎。反间：指在敌人内部制造矛盾、纠纷。

⑪ 马服：指马服君赵奢。将：任为将军。

⑫与:对付。

⑬详:通"佯",假装。

⑭发:征召。诣:到。

⑮挟诈:暗用欺骗诡计。坑杀:陷之于坑而杀,即活埋。

译 文

秦昭王四十四年(公元前 263 年),白起攻打韩国的南阳太行道,把这条通道堵死。

秦昭王四十五年(公元前 262 年),白起发兵进击韩国的野王城。野王投降,使韩国的上党郡同韩国的联系被切断。上党郡守冯亭便同百姓们谋划说:"通往都城郑的道路被切断,韩国肯定不能管我们了。秦国军队一天天逼进,韩国不能救应,不如把上党归附赵国。赵国如果接受我们,秦国恼怒,必定攻打赵国。赵国遭到武力攻击,必定亲近韩国。韩、赵两国联合起来,就可以抵挡秦国。"于是便派人通报赵国。赵孝成王跟平阳君和平原君一起研究这件事,平阳君说:"不如不接受。接受它,带来的殃祸要比得到的好处大得多。"平原君表示异议说:"平白得到一郡,接受它有利。"结果赵王接受了上党,就封冯亭为华阳君。

秦昭王四十六年(公元前 261 年),秦国攻占了韩国的缑氏和蔺邑。

秦昭王四十七年(公元前 260 年),秦国派左庶长王龁攻韩国,夺取了上党。上党的百姓纷纷往赵国逃。赵国在长平屯兵,据以接应上党的百姓。四月,王龁借此进攻赵国。赵国派廉颇去统率军队。秦赵两军士兵时有交手,赵军士兵侵害了秦军侦察兵,秦军侦察兵又斩了赵军名叫茄的副将,战事逐步扩大。六月,秦军攻破赵军阵地,夺下两个城堡,俘虏了四个尉官。七月,赵军高筑围墙,坚壁不出。秦军实施攻坚,

39

俘虏了两个尉官,攻破赵军阵地,夺下西边的营垒。廉颇固守营垒,采取防御态势与秦军对峙,秦军屡次挑战,赵兵坚守不出。赵王多次指责廉颇不与秦军交战。秦国丞相应侯又派人到赵国花费千金之多施行反间计,大肆宣扬说:"秦国最伤脑筋的,只是怕马服君的儿子赵括担任将领而已,廉颇容易对付,他就要投降了。"赵王早已恼怒廉颇军队伤亡很多,屡次战败,却又反而坚守营垒不敢出战,再加上听到许多反间谣言,信以为真,于是就派赵括取代廉颇率兵攻击秦军,秦国得知马服君的儿子充任将领,就暗地里派武安君白起担任上将军,让王龁担任尉官副将,并命令军队中有敢于泄露白起出任最高指挥官的,格杀勿论。赵括一到任上,就发兵进击秦军。秦军假装战败而逃,同时布置了两支突袭部队逼进赵军。赵军乘胜追击,直追到秦军营垒。但是秦军营垒十分坚固,不能攻入,而秦军的一支突袭部队两万五千人已经切断了赵军的后路,另一支五千骑兵的快速部队楔入赵军的营垒之间,断绝了它们的联系,把赵军分割成两个孤立的部分,运粮通道也被堵住。这时秦军派出轻装精兵实施攻击,赵军交战失利,就构筑壁垒,顽强固守,等待援兵的到来。秦王得知赵国运粮通道已被截断,他亲自到河内,封给百姓爵位各一级,征调十五岁以上的青壮年全部集中到长平战场,拦截赵国的救兵,断绝他们的粮食。

到了九月,赵国士兵断绝口粮已经四十六天,军内士兵们暗中残杀以人肉充饥。困厄已极的赵军扑向秦军营垒,发动攻击,打算突围而逃。他们编成四队,轮番进攻了四五次,仍不能冲出去。他们的将领赵括派出精锐士兵并亲自披挂上阵率领这些部下与秦军搏杀,结果秦军射死了赵括。赵括的部队大败,士兵四十万人向武安君投降。武安君谋划着说:"前时秦军拿下上党,上党的百姓不甘心做秦国的臣民而归附赵国。赵国士兵变化无常,不全部杀掉他们,恐怕要出乱子。"于是用欺骗伎俩把赵国降兵全部活埋了。只留下年纪尚小的士兵二百四十人放回赵国。此战前后斩首擒杀赵兵四十五万人，赵国上下一片震惊。

绝妙佳句

不如勿受。受之，祸大于所得。

群雄争锋

41

钜鹿之战

初,宋义所遇齐使者高陵君显在楚军,见楚王曰:"宋义论武信君之军必败,居数日,军果败。兵未战而先见败征①,此可谓知兵矣。"王召宋义与计事而大说②之,因置以为上将军;项羽为鲁公,为次将,范增为末将,救赵。诸别将皆属宋义,号为卿子冠军③。行至安阳,留四十六日不进。项羽曰:"吾闻秦军围赵王钜鹿,疾引兵渡河,楚击其外,赵应其内,破秦军必矣。"宋义曰:"不然。夫搏牛之虻不可以破虮④虱。今秦攻赵,战胜则兵罢⑤,我承其敝⑥;不胜,则我引兵鼓行而西⑦,必举⑧秦矣。故不如先斗秦、赵⑨。夫被坚执锐⑩,义不如公;坐而运策⑪,公不如义。"因下令军中曰:"猛如虎,很⑫如羊,贪如狼,强⑬不可使者,皆斩之。"乃遣其子宋襄相齐,身送之至无盐,饮酒高会⑭。天寒大雨,士卒冻饥。项羽曰:"将戮力⑮而攻秦,久留不行。今岁饥⑯民贫,士卒食芋菽⑰,军无见⑱粮,乃⑲饮酒高会,不引兵渡河因赵食⑳,与赵并力攻秦,乃曰'承其敝'。夫以秦之强,攻新造㉑之赵,其势必举赵。赵举而秦强,何敝之承!且国兵新破,王坐不安席,埽境内而专属于将军㉒,国家安危,在此一举。今不恤士卒而徇其私,非社稷之臣㉓。"项羽晨朝上将军宋义,即其帐中斩宋义头,出令军中曰:"宋义与齐谋反楚,楚王阴令羽诛之。"当是时,诸将皆慴服,莫敢枝梧㉔。皆曰："首立楚者,将军家也。今将军诛乱。"乃相与共立羽为假上将军。使人追宋义子,及之齐,杀之。使桓楚报命㉕于怀王。怀王因使项羽为上将军,当阳君、蒲将军皆属项羽。

项羽已杀卿子冠军,威震楚国,名闻诸侯。乃遣当阳君、蒲将军将卒二万渡河㉖,救钜鹿。战少利,陈余复请兵。项羽乃悉引兵渡河,皆沉船,破釜甑㉗,烧庐舍,持三日粮,以示士卒必死,无一还心。于是至则围王离,与秦军遇,九战,绝其甬道,大破之,杀苏角,虏王离。涉间不降楚,自烧杀。当是时,楚兵冠诸侯㉘。诸侯军救钜鹿下者十余壁㉙,莫敢纵兵。及楚击秦,诸将皆从壁上观。楚战士无不一以当士,楚兵呼声动天,诸侯军无不人人惴恐。于是已破秦军,项羽召见诸侯将,入辕门㉚,无不膝行而前,莫敢仰视。项羽由是始为诸侯上将军,诸侯皆属焉。

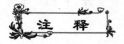

注 释

①征:征兆,兆头。

②说:同"悦"。

③卿子:当时对人的尊称。冠军:冠于诸军,列于诸军之首。

④搏:抓取,这里指叮咬。虻(méng):牛虻。虮(jǐ):虱卵。

⑤罢:通"疲"。

⑥承:趁,利用。敝:疲惫。

⑦鼓行而西:敲着鼓行进,向西攻秦。

⑧举:攻取,占领。

⑨斗秦、赵:使秦国和赵国互相争斗。

⑩被：同“披”。坚：指坚甲。锐：指锐利的兵器。

⑪运策：运用谋略。

⑫很：同“狠”，不听从，执拗。

⑬强：倔强。

⑭高会：大会宾客。

⑮戮力：合力，并力。戮，通“勠”。

⑯饥：年荒，年成不好。

⑰芋(yù)：芋头，这里指薯类。菽：豆类。

⑱见：同“现”，现成的，原有的。

⑲乃：却，竟然。

⑳因赵食：依靠赵国的粮食来食用。因，凭借。

㉑新造：刚刚建立的。

㉒埽(sǎo)：同“扫”，尽，这里是全部集中的意思。专属(zhǔ)于将军：都托付给你了。

㉓社稷之臣：指名副其实的国家大臣。社稷，本为社稷坛，古代天子诸侯祭祀土神和谷神的地方，后来代指国家。

㉔枝梧：本指架屋的小柱与斜柱，枝梧相抵，引由为抵抗、抗拒之意。

㉕报命：复命，回朝报告。

㉖河：这里指漳河。

㉗釜：锅。甑(zèng)：做饭用的一种瓦器。

㉘冠诸侯：在诸侯军当中居第一。

㉙壁：壁垒，营垒。

㉚辕门：即营门。古时军营用两辆兵车竖起车辕相对为门，所以叫辕门。

先前，宋义在路上遇见的那位齐国使者高陵君显正在楚军中，他求见楚王说："宋义曾猜定武信君的军队必定失败，没过几天，就果然战败了。在军队没有打仗的时候，就能事先看出失败的征兆，这可以称得上是懂得用兵了。"楚怀王召见宋义，跟他商讨军中大事，非常欣赏他，因而任命他为上将军；项羽为鲁公，任次将，范增任末将，去援救赵国，其他各路将领都隶属于宋义，号称卿子冠军。部队进发抵达安阳，停留四十六天不向前进。项羽说："我听说秦军把赵王包围在钜鹿城内，我们应该赶快率兵渡过黄河，楚军从外面攻打，赵军在里面接应，打垮秦军是确定无疑的。"宋义说："我认为并非如此。能叮咬大牛的牛虻却损伤不了小小的虮虱。如今秦国攻打赵国，打胜了，士卒也会疲惫；我们就可以利用他们的疲惫；打不胜，我们就率领部队擂鼓西进，一定能歼灭秦军。所以，现在不如先让秦、赵两方相斗。若论披坚甲执锐兵，勇战前线，我宋义比不上您；若论坐于军帐，运筹决策，您比不上我宋义。"于是通令全军："凶猛如虎，违逆如羊，贪婪如狼，倔强不听指挥的，一律斩杀。"又派儿子宋襄去齐国为相，亲自送到无盐，置备酒筵，大会宾客。当时天气寒冷，下着大雨，士卒一个个又冷又饿。项羽对将士说："我们大家是想齐心合力攻打秦军，他却久久停留不向前进。如今正赶上荒年，百姓贫困，将士们吃的是芋头掺豆子，军中没有存粮，他竟然置备酒筵，大会宾客，不率领部队渡河去从赵国取得粮食，跟赵合力攻秦，却说'利用秦军的疲惫'。凭着秦国那样强大去攻打刚刚建起的赵国，那形势必定是秦国攻占赵国。赵国被攻占，秦国就更加强大，到那时，还谈得上什么利用秦国的疲惫？再说，我们的军队刚刚打了败仗，怀王坐不安席，集中了境内全部兵卒粮饷交给上将军一个人，国家的安危，就在此一举了。可是上将军不体恤士卒，却派自己的儿子去齐国为相，谋取私

45

群雄争锋

利,这次不是国家真正的贤良之臣。"项羽早晨去参见上将军宋义,就在军帐中,斩下了他的头,出来向军中发令说:"宋义和齐国同谋反楚,楚王密令我处死他。"这时候,将领们都畏服项羽,没有谁敢抗拒,都说:"首先把楚国扶立起来的,是项将军家。如今又是将军诛灭了叛乱之臣。"于是大家一起立项羽为代理上将军。项羽派人去追赶宋义的儿子,追到齐国境内,把他杀了。项羽又派桓楚去向怀王报告。楚怀王无奈,让项羽做了上将军,当阳君、蒲将军都归属项羽。

项羽诛杀了卿子冠军,威震楚国,名扬诸侯。他首先派遣当阳君、蒲将军率领二万人渡过漳河,援救钜鹿。战争只有一些小的胜利,陈余又来请求增援。项羽就率领全部军队渡过漳河,把船只全部弄沉,把锅碗全部砸破,把军营全部烧毁,只带上三天的干粮,以此向士卒表示一定要决死战斗,毫无退还之心。部队抵达前线,就包围了王离,与秦军遭遇,交战多次,阻断了秦军所筑甬道,大败秦军,杀了苏角,俘虏了王离。涉间拒不降楚,自焚而死。这时,楚军强大居诸侯之首,前来援救钜鹿的诸侯各军筑有十几座营垒,没有一个敢发兵出战。到楚军攻击秦军时,他们都只在营垒中观望。楚军战士无不一以当十,士兵们杀声震天,诸侯军人人战栗胆寒。项羽在打败秦军以后,召见诸侯将领,当他们进入军门时,一个个都跪着用膝盖向前走,没有谁敢抬头仰视。自此,项羽真正成了诸侯的上将军,各路诸侯都隶属于他。

绝妙佳句

夫搏牛之虻不可以破虮虱。

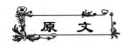

韩信破赵之战

信与张耳以兵数万,欲东下井陉①击赵。赵王、成安君②陈余闻汉且袭之也,聚兵井陉口,号称二十万。广武君李左车③说成安君曰:"闻汉将韩信涉西河④,虏魏王,禽⑤夏说,新喋血阏与,今乃辅以张耳,议欲下赵,此乘胜而去国远斗,其锋不可当。臣闻千里馈粮,士有饥色,樵苏后爨⑥,师不宿饱。今井陉之道,车不得方轨,骑不得成列,行数百里,其势粮食必在其后。愿足下假臣奇兵三万人,从间道绝其辎重⑦;足下深沟高垒,坚营勿与战。彼前不得斗,退不得还,吾奇兵绝其后,使野无所掠,不至十日,而两将之头可致于戏下。愿君留意臣之计。否,必为二子所禽矣。"成安君,儒者⑧也,常称义兵不用诈谋奇计,曰:"吾闻兵法十则围之,倍则战。今韩信兵号数万,其实不过数千。能千里而袭我,亦已罢极。今如此避而不击,后有大者,何以加之!则诸侯谓吾怯,而轻来伐我。"不听广武君策,广武君策不用。

韩信使人间视⑨,知其不用,还报,则大喜,乃敢引兵遂下。未至井陉口三十里,止舍。夜半传发,选轻骑二千人,人持一赤帜,从间道萆山⑩而望赵军,诫曰:"赵见我走,必空壁逐我,若疾入赵壁,拔赵帜,立汉赤帜。"令其裨将⑪传飧,曰:"今日破赵会食!"诸将皆莫信,详⑫应曰:"诺。"谓军吏曰:"赵已先据便地为壁,且彼未见吾大将旗鼓，未肯击前行，恐吾至阻险而还。"信乃使万人先行，出，背水陈⑬。赵军望见而大笑。平旦，信建大将之旗鼓，鼓行出井陉口，赵开壁击之，大战良久。于是信、张耳详弃鼓旗，走水上军。水上军开入之，复疾战。赵果空壁争汉鼓旗，逐韩信、张耳。韩信、张耳已入水上军，军皆殊死战，不可败。信所出奇兵二千骑，共候赵空壁逐利，则驰入赵壁，皆拔赵旗，立汉赤帜二千。赵军已不胜，不能得信等，欲还归壁，壁皆汉赤帜，而大惊，以为汉皆已得赵王将矣，兵遂乱，遁走，赵将虽斩之，不能禁也。于是汉兵夹击，大破虏赵军，斩成安君泜水⑭上，禽赵王歇。

信乃令军中毋杀广武君，有能生得者购千金。于是有缚广武君而致戏下者，信乃解其缚，东乡坐，西乡对，师事之⑮。

诸将效首虏，毕贺，因问信曰："兵法右倍山陵，前左水泽，今者将军令臣等反背水陈，曰破赵会食，臣等不服。然竟以胜，此何术也？"信曰："此在兵法，顾诸君不察耳。兵法不曰'陷之死地而后生，置之亡地而后存'？且信非得素拊循士大夫⑯也，此所谓'驱市人而战之'，其势非置之死地，使人人自为战；今予之生地，皆走，宁尚可得而用之乎！"诸将皆服曰："善。非臣所及也。"

于是信问广武君曰："仆⑰欲北攻燕，东伐齐，何若而有功？"广武君辞谢曰："臣闻败军之将不可以言勇，亡国之大夫不可以图存。今臣败亡之虏，何足以权大事乎！"信曰："仆闻之，百里奚居虞而虞⑱亡，在秦而秦霸，非愚于虞而智于秦也，用与不用，听与不听也。诚令成安君听足下计，若信者亦已为禽矣。以不用足下，故信得侍耳。"因固问曰："仆委心归计，愿足下勿辞。"广武君曰：

"臣闻智者千虑,必有一失;愚者千虑,必有一得。故曰'狂夫⑲之言,圣人择焉'。顾恐臣计未必足用,愿效愚忠。夫成安君有百战百胜之计,一旦而失之,军败鄗⑳下,身死泜上。今将军涉西河,虏魏王,禽夏说阏与,一举而下井陉,不终朝破赵二十万众,诛成安君。名闻海内,威震天下,农夫莫不辍耕释耒,褕衣甘食㉑,倾耳以待命者。若此,将军之所长也。然而众劳卒罢,其实难用。今将军欲举倦弊之兵,顿之燕坚城之下,欲战恐久力不能拔,情见㉒势屈,旷日粮竭,而弱燕不服,齐必距㉓境以自强也。燕齐相持而不下,则刘项之权未有所分也。若此者,将军所短也。臣愚,窃以为亦过矣。故善用兵者不以短击长,而以长击短。"韩信曰:"然则何由?"广武君对曰:"方今为将军计,莫如案甲休兵,镇赵抚其孤,百里之内,牛酒日至,以飨士大夫醳兵,北首燕路,而后遣辩士奉咫㉔尺之书,暴其所长于燕,燕必不敢不听从。燕已从,使喧言者㉕东告齐,齐必从风而服,虽有智者,亦不知为齐计矣。如是,则天下事皆可图也。兵固有先声而后实者,此之谓也。"韩信曰:"善。"从其策,发使使燕,燕从风而靡㉖。乃遣使报汉,因请立张耳为赵王,以镇抚其国。汉王许之,乃立张耳为赵王。

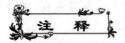

注释

①井陉:即井陉关,太行八陉之一,在今河北省井陉西北。

②成安君:秦末,赵封陈余为成安君。

③广武君李左车:赵国的谋士。姓李名左车,广武君是他的封号。

④西河:古称西部地区南北流向的黄河为西河。这里指今山西、陕西

交界处临晋以东的一段。

⑤禽:通"擒",捉。

⑥樵:指打柴。苏:指打草。爨(cuàn):指生火做饭。

⑦辎重:泛指一切军用物资,如武器粮饷等。

⑧儒者:此处指迂腐不能变通的人。

⑨间(jiàn)视:暗中监听,侦探。

⑩萆(bì)山:在山上隐蔽。萆,通"蔽"。

⑪裨将:副将。主将的副官、助手之类。

⑫详:通"佯",假装。

⑬陈:同"阵"。

⑭泜(chí)水:即今槐河,源出今河北省赞皇县西南,东流经元氏县南至宁晋县南,折南入滏(fú)阳河。

⑮"东乡坐"三句:古代事师之礼,师东向坐,弟子西向坐。汉初礼以东向为尊。乡,同"向"。

⑯拊(fǔ):通"抚",抚慰。循:顺从。拊循:这里引申为教养、训练士兵使之服从调配。士大夫:这里指一般将士。

⑰仆:第一人称代词"我"的谦称。

⑱百里奚:人名,姓百里,名奚。春秋时虞国人,曾任虞国大夫。虞亡时被晋俘去,作为陪嫁之臣送入秦国。后出走到楚,为楚人所执,又被秦穆公以五张羊皮赎回,任为大夫,故又称"五羖(gǔ)大夫"。后来与蹇叔、由余等共同帮助秦穆公建立霸业,使秦穆公成为当时的五霸之一。虞:古国名,周文王时建立的诸侯国,姬姓,开国君主是古公亶(dǎn)父之子虞仲的后代。故址在今山西省平陆县北。公元前655年晋国假道攻虢时被晋所灭。

⑲狂夫:指没有见识的妄人。与"圣人"相对。

⑳鄗(hào):古地名,故址在今河北省柏乡县北。

㉑褕(yú)衣:美好的衣服。甘食:香甜的食物。

㉒见:同"现",显露。

㉓距:通"拒",拒守。

㉔咫(zhǐ):古代八寸为咫。

㉕喧言者:指辩士或说客。

㉖靡:倒下。这里引申为投降。

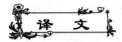
译 文

　　韩信和张耳率领了几万军队准备东下井陉关去攻打赵国。赵王、成安君陈余听说汉军将要来袭击他们,就在井陉关聚集了号称二十万的兵力。广武君李左车劝成安君说:"听说汉将韩信渡过西河,俘虏了魏王,活捉了夏说,又血战阏与,现在又以张耳为帮手,企图攻下赵国,这是乘胜出国远征,其势锐不可当。我听说从千里之外运送粮饷(来供士兵食用),士兵就要有挨饿的危险,到吃饭时才去打柴取草烧火做饭,部队就有吃不饱的危险。现在井陉的道路车不能并行,马不能成列,在这种情况下行军几百里,粮饷必然要落在军队的后面。希望您暂时借给我精兵三万,从小道去拦截他们的武器粮饷,您在这里深挖战壕,高筑营壁,坚守阵地,不要和他们交战,这样使他们前不能进攻,后不能退还,我率领奇兵截断他们的后路,使他们在野外一点东西都抢不到,如此不出十日,两将的首级就能献到你的帐前。希望您能考虑我的计策。如果不这样做,我们必然会被他两人所提获。"成安君是个迂腐的书生,经常说义兵不用诈谋奇计,他回答说:"我听兵法书上是这样讲的:兵力是敌人的十倍就包围他,是敌人的一倍就和他交战。现在韩信的兵号称数万,其实不过数千。他们敢涉千里来袭击我们,(等来到这里时,他们的兵力)也就精疲力竭了。像现在这样的兵力我

们都避而不击,以后如有更强大的敌人前来,又用什么方法去战胜他们呢?(如果照你说的做,)各诸侯就会认为我们胆怯,而轻易地来攻打我们。"因此没有采纳广武君的计策。

韩信派人暗中去侦察,得知广武君的计策未被采用,密探回来报告韩信,韩信听了非常高兴,于是才敢率兵进入井陉狭道。在距离井陉口还有三十里的地方停下来休息。半夜,传令军中,准备出发,选出二千轻装的骑兵,每人拿一面红旗,从小道前进,隐蔽在山里窥望赵军,并告诫士兵们说:"赵军看见我们逃跑,一定会倾巢出来追赶我们,(在这个时候)你们快速冲进赵军营地,拔掉赵军的旗帜,立起汉军的红旗。"同时下令让副将先给士兵们吃点食物,说:"今日打败赵军后会餐。"各位将领都有点不大相信,只好假装答应说:"遵命。"韩信又对军官们说:"赵军已经先占据了有利的地势扎下营垒,而且在他们没有看见我军的大将旗鼓时是不会出来攻打我们的先头部队的,怕我们到了山路险狭的地方会退回来。"韩信于是派了一万人作为先遣部队,出了井陉口就背靠河水排开阵势。赵军看到以后便大笑不已。天刚亮的时候,韩信树起大将旗帜,大吹大擂地开出井陉口,此时赵军开营出击汉军,两军鏖战了很久。在这个时候,韩信、张耳假装战败,丢弃了旗鼓逃回了河边的阵地。河边的部队打开营垒让他们进去,然后又和赵军大战一场。赵军果然倾巢而出争相掠夺汉军的旗鼓,追逐韩信、张耳。韩信、张耳已经回到河边的军营里,全军将士殊死作战,赵军无法打败。韩信派出的二千奇兵在等到赵军倾巢出来争夺战利品时冲入了赵军的军营,拔掉了赵军的全部旗帜,插起了二千面汉军的红旗。赵军已无法打败汉军,也不能抓到韩信等人,想收兵回营,但发现军营里已全部插起了汉军的红旗,因此大为惊慌,认为汉军已经全部俘虏了赵军的将领,于是队伍大乱,士兵们也纷纷逃跑,赵军将领虽然斩杀了不少逃兵,但仍然阻止不了。在这时汉军两面夹攻,大破赵军,并俘虏了大批人马,在泜水上斩杀了成安

君陈余,抓获了赵王歇。

韩信传令军中不要杀死广武君,如果能有人活抓住广武君,重赏千金。于是有人捆着广武君送到了韩信的指挥部来,韩信解开了捆绑,请他面东而坐,自己却面西而坐,用对待老师一样的礼节来对待他。

诸将领来向韩信呈献首级和俘虏,完了之后都向韩信表示祝贺,有人因此问韩信说:"兵法上说布置阵地要右背山陵,左对川泽,如今将军反而命令我们背水列阵,还说打败赵军后会餐,当时我们都不敢信服。然而竟取得了胜利,这是什么战术呢?"韩信说:"这在兵法上也是有的,只是你们没有细看罢了。兵法上不是说'陷之死地而后生,置之亡地而后存'吗?我韩信没有能得到素有训练而且能服从调动的将士,这就像所说的'赶着街上的百姓去作战'一样,在这种情况下只有置之死地,使每个人都主动去奋力作战。如果今天把他们置于能死里逃生的地方,那将会全部逃走,怎么还可以用他们去作战呢?"各位将领都佩服他说:"非常正确。这是我们所想不到的。"

于是韩信问广武君说:"我准备向北攻打燕国,向东讨伐齐国,怎么做能获得成功呢?"广武君谦让他说:"我听说打了败仗的将军是没有资格来谈论勇敢作战的,亡了国的士大夫是没有资格来谈论国家的长治久安的。现在我是个兵败国亡的俘虏,怎么能配和您一起来商讨国家的大事呢?"韩信说:"我听说百里奚在虞而虞亡国,在秦而秦称霸,这并不是他在虞国时就愚蠢而在秦国时就聪明,而是在于国君能不能任用他,能不能听从他的计策。如成安君真地听了你的计策,像我韩信这样的人也早已被俘虏了。正因为成安君没能采纳你的意见,所以我韩信才能在此侍奉你。"因此韩信又坚决地问说:"我全心听从你的计策,希望你不要推辞。"广武君说:"我听说智者千虑,必有一失;愚者千虑,必有一得。所以说即使是狂人之言,圣人也可以选择采纳。只恐怕我的计策未必能用,但我愿意献出愚忠。成安

群雄争锋

53

君本来有百战百胜的计谋，但一次失策，全军溃败于鄗城之下，自己也死于泜水之上。如今将军渡过西河，俘虏了魏王，在阏与活捉了夏说，一举攻下井陉，不到一个上午就击破了二十万赵军，杀死了成安君。名闻海内，威震天下，农夫们都放下了农具，停止了耕作，穿好的吃好的，侧耳等候你的命令。像这些，都是将军的长处。然而民众劳苦，士卒疲乏，实在是难以继续驱使。现在将军打算用这些疲惫劳乏的士兵驻扎在燕国坚固的城池之下，想打又恐怕时间久了攻不下来，真情一暴露，形势就要被动，时间拖长了，粮草就会用完，弱小的燕国不肯降服，齐国就一定会拒守边境以图自强。与燕国、齐国僵持不下，那么刘邦、项羽的胜负就不能分明。像这些就是将军的不足之处。我见识浅薄，鄙意以为这样做是错误的，所以善用兵的人不以自己的短处去击敌人的长处，而是以自己的长处去击别人的短处。"韩信说："那么应当怎么办呢？"广武君回答说："现在为将军考虑，不如按兵不动，留守在赵国，抚恤阵亡将士的遗孤，这样做，百里之内的百姓就会每天拿着牛肉美酒来犒劳将士。然后你就向着北方燕国的道路布置军队，再派说客拿着书信送给燕国，把您的长处给燕国讲清楚，燕国一定不敢不听从。燕国降服了之后，您再派说客向东去告诉齐国，齐国也一定会闻风而服，虽然有再聪明的人也不知为齐国出什么计策好。这样一来，争取天下的大事就可以考虑了。用兵之道本来就有先虚而后实的，我说的就是这个道理。"韩信说："很好。"于是听从了广武君的计策，派人出使燕国，燕国闻风而降。于是又派人报告汉王，因而请立张耳为赵王来安抚赵国。汉王同意了这个意见，立张耳为赵王。

绝妙佳句

智者千虑，必有一失；愚者千虑，必有一得。

垓下之围

项王军壁垓下，兵少食尽，汉军及诸侯兵围之数重。夜闻汉军四面皆楚歌，项王乃大惊曰："汉皆已得楚乎？是何楚人之多也！"项王则夜起，饮帐中。有美人名虞，常幸从；骏马名骓①，常骑之。于是项王乃悲歌慷慨，自为诗曰："力拔山兮气盖世，时不利兮骓不逝。骓不逝兮可奈何，虞兮虞兮奈若何②！"歌数阕③，美人和之。项王泣数行下，左右皆泣，莫能仰视。

于是项王乃上马骑，麾下壮士骑从者八百余人，直④夜溃围南出，驰走。平明，汉军乃觉之，令骑将灌婴以五千骑追之。项王渡淮，骑能属⑤者百余人耳。项王至阴陵，迷失道，问一田父，田父绐⑥曰："左。"左，乃陷大泽中，以故汉追及之。项王乃复引兵而东，至东城，乃有二十八骑。汉骑追者数千人。项王自度不得脱，谓其骑曰："吾起兵至今八岁矣，身七十余战，所当者破，所击者服，未尝败北，遂霸有天下。然今卒困于此，此天之亡我，非战之罪也。今日固决死，愿为诸君快战⑦，必三胜之，为诸君溃围，斩将，刈⑧旗，令诸君知天亡我，非战之罪也。"乃分其骑以为四队，四向⑨。汉军围之数重。项王谓其骑曰："吾为公取彼一将。"令四面骑驰下，期山东为三处。于是项王大呼驰下，汉军皆披靡，遂斩汉一将。是时，赤泉侯为骑将，追项王，项王瞋目而叱之，赤泉侯人

55

马俱惊,辟易⑩数里。与其骑会为三处。汉军不知项王所在,乃分军为三,复围之。项王乃驰,复斩汉一都尉,杀数十百人,复聚其骑,亡其两骑耳。乃谓其骑曰:"何如?"骑皆伏曰:"如大王言!"

于是项王乃欲东渡乌江。乌江亭长舣⑪船待,谓项王曰:"江东虽小,地方千里,众数十万人,亦足王也。愿大王急渡。今独臣有船,汉军至,无以渡。"项王笑曰:"天之亡我,我何渡为!且籍与江东子弟八千人渡江而西,今无一人还,纵江东父兄怜而王我,我何面目见之?纵彼不言,籍独不愧于心乎?"乃谓亭长曰:"吾知公长者。吾骑此马五岁,所当无敌,尝一日行千里,不忍杀之,以赐公。"乃令骑皆下马步行,持短兵接战。独籍所杀汉军数百人。项王身亦被十余创。顾见汉骑司马吕马童,曰:"若非吾故人乎?"马童面之,指王翳曰:"此项王也。"项王乃曰:"吾闻汉购⑫我头千金,邑万户,吾为若德⑬。"乃自刎而死。

注　释

①骓(zhuī):毛色苍白相杂的马。

②奈若何:把你怎么办。

③阕(què):乐曲每终了一次叫一阕。"数阕"就是几遍。

④直:同"值",当,趁。

⑤属:连接,这里指跟上。

⑥田父(fǔ):老农。绐:欺骗。

⑦快战:痛快地打一仗。

⑧刈(yì):割,砍。

⑨四向:面向四方。

⑩辟易:倒退的样子。

⑪舣(yǐ):停船靠岸。

⑫购:悬赏征求。

⑬为若德:意思是送给你点儿好处。德,恩德。

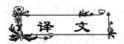

译文

　　项羽的军队在垓下安营扎寨,士兵越来越少,粮食也吃光了,刘邦的汉军和韩信、彭越的军队又层层包围上来。夜晚,听到汉军的四周都在唱着楚地的歌谣,项羽大惊失色地说:"汉军把楚地都占领了吗?不然,为什么汉军中楚人这么多呢?"项羽连夜起来,到军帐中喝酒。回想过去,有美丽的虞姬,受宠爱,常陪在身边,有宝马骓,常骑在胯下。而今……于是项羽就慷慨悲歌,自己作诗道:"力能拔山啊豪气压倒一世,天时不利啊骓马不驰。骓马不驰啊怎么办,虞姬啊虞姬你怎么办!"唱了一遍又一遍,虞姬也同他一起唱。项羽泪流数行,身边侍卫也都哭了,谁也不能抬头看项羽了。

　　于是项羽跨上战马,部下壮士八百多人骑马跟随,当晚从南面突出重围,纵马奔逃。天亮的时候,汉军才察觉,就命令骑兵将领灌婴率领五千骑兵追击项羽。项羽渡过淮河,能跟上项羽的骑兵只有一百多人了。项羽走到阴陵时,迷路了,向一农夫问路,老农骗他说:"往左拐。"项羽往左走,就陷入了一片低洼地里,所以又被汉军追上了。项羽又率兵向东走,到了东城的时候,只剩下二十八个骑兵了,而追击的汉军骑兵有几千人。项羽自己估计这回不能逃脱了,对手下骑兵说:"我从起兵打仗到现在已经八年了,亲身经历七十余次战斗,从没有失败过,所

群雄争锋

以才称霸天下。但是今天却终于被困在这里,这是上天要我灭亡,不是我用兵打仗的错误啊。我今天当然是要决一死战,愿为大家痛快地打一仗,定要打胜三次,为各位突出重围,斩杀汉将,砍倒帅旗,让各位知道这是上天要亡我,不是我用兵打仗的错误。"于是就把他的随从分为四队,朝着四个方向。汉军层层包围他们,项羽对他的骑兵说:"我再为你们斩他一将。"命令四队骑兵一起向下冲击,约定在山的东面分三处集合。于是项羽大声呼喝向下直冲,汉军都溃败逃散,果然斩杀了汉军一员大将。这时赤泉侯杨喜担任骑兵将领,负责追击项羽,项羽瞪眼对他大喝,赤泉侯杨喜连人带马惊慌失措,倒退了好几里。项羽同他的骑兵在约定的三处会合。汉军不知道项羽在哪一处,便把军队分成三部分,重新包围上来。项羽就冲出来,又斩了汉军的一个都尉,杀死百余人。再一次集合他的骑兵,发现只不过损失了两个人,便问他的随骑道:"怎么样?"骑兵们都佩服地说:"真像您说的那样!"

　　于是项羽就想东渡乌江。乌江的亭长撑船靠岸等待项羽,他对项羽说:"江东虽小,也还有方圆千里的土地,几十万的民众,也足够称王的了。请大王急速过江。现在只有我有船,汉军即使追到这,也没有船只可渡。"项羽笑道:"上天要亡我,我还渡江干什么?况且我项羽当初带领江东的子弟八千人渡过乌江向西挺进,现在无一人生还,即使江东的父老兄弟怜爱我而拥我为王,我又有什么脸见他们呢?或者即使他们不说,我项羽难道不感到内心有愧吗?"接着对亭长说:"我知道您是忠厚的长者,我骑这匹马五年了,所向无敌,常常日行千里,我不忍心杀掉它,把它赏给你吧!"于是命令骑马的都下马步行,手拿短小轻便的刀剑交战。仅项羽一人就杀死汉军几百人。项羽自己也负伤十多处。忽然回头看见了汉军骑兵司马吕马童,说:"你不是我的老朋友吗?"吕马童面向项羽,指项羽给王翳看,说道:"这个人就是项羽。"项羽便说道:

文学常识丛书

"我听说汉王悬赏千两黄金要买我的脑袋,并封为万户侯,我就送你这点好处吧!"说完就自杀身亡了。

力拔山兮气盖世,时不利兮骓不逝。骓不逝兮可奈何,虞兮虞兮奈若何!

群雄争锋

作者简介

司马光(1019—1086年),字君实,陕州夏县(今属山西省)人,北宋史学家、散文家。家居涑水乡,人称涑水先生。晚年自号迂叟。卒谥文正,追封温国公,世称司马温公。宋仁宗宝元二年(1039年)进士,嘉祐六年(1061年)迁起居舍人同知谏院,宋神宗即位,诏为翰林学士,以不善骈文坚辞不就,乃任御史中丞。熙宁三年(1070年),宋神宗和王安石开始变法,司马光因政见不合,自请判西京御史台。居洛阳15年,绝口不论政事,致力于编写《资治通鉴》。宋哲宗元祐元年(1086年),起任尚书左仆射兼门下侍郎,主持"元祐更化",尽废新法。当政八月而卒。

司马光散文的主要成就体现在《资治通鉴》上。它上起周威烈王二十三年(公元前403年),下终后周世宗显德六年(公元959年),按年记载了共1362年的历史事实,是中国历史上第一部编年通史著作。它体例谨严,结构完整,取材广泛,对史料取舍慎重,考证详密。其中像《赤壁之战》《淝水之战》都成为历史散文的名篇。司马光自称"颇慕古文"而"不能刻意致力"(《答陈充秘校书》),他的文章正因不甚刻意致力而能得自然之致。《资治通鉴》的文字质朴简洁,叙事清晰,文笔流畅,生动形象,有文学色彩,历来为人们所推重。

楚汉成皋之战

　　汉王①出荥阳,至成皋②,入关,收兵欲复东。辕生说③汉王曰:"汉与楚相距④荥阳数岁,汉常困。愿君王出武关,项王必引兵南走。王深壁勿战,令荥阳、成皋间且得休息,使韩信等得安辑河北赵地,连燕、齐,君王乃复走荥阳。如此,则楚所备者多,力分;汉得休息,复与之战,破之必矣!"汉王从其计,出军宛、叶⑤间。与黥布⑥行收兵。羽闻汉王在宛⑦,果引兵南;汉王坚壁不与战。

　　汉王之败彭城,解而西也,彭越皆亡其所下城,独将其兵北居河上,常往来为汉游兵击楚,绝其后粮。是月,彭越渡睢⑧,与项声、薛公战下邳⑨,破,杀薛公。羽乃使终公守成皋,而自东击彭越。汉王引兵北,击破终公,复军⑩成皋。

　　六月,羽已破走彭越,闻汉复军成皋,乃引兵西拔荥阳城,生得周苛。羽谓苛:"为我,将以公为上将军,封三万户。"周苛骂曰:"若不趋降汉,今为虏矣;若非汉王敌也!"羽烹周苛,并杀枞公而虏韩王信,遂围成皋。汉王逃,独与滕公共车出成皋玉门,北渡河,宿小修武⑪传舍。晨,自称汉使,驰入赵壁。张耳、韩信未起,即其卧内,夺其印符以麾召诸将,易置之。信、耳起,乃知汉王来,大惊。汉王既夺两人军,即令张耳徇行,备守赵地。拜韩信为相国,收赵兵未发者击齐。诸将稍稍得出成皋从汉王。楚遂拔成

61

皋,欲西;汉使兵距之巩,令其不得西。

......

汉王得韩信军,复大振。八月,引兵临河,南乡⑫,军小修武,欲复与楚战。郎中⑬郑忠说止汉王,使高垒深堑勿与战。汉王听其计,使将军刘贾、卢绾将卒二万人,骑数百,渡白马津⑭,入楚地,佐彭越,烧楚积聚,以破其业,无以给项王军食而已。楚兵击刘贾,贾辄坚壁不肯与战,而与彭越相保。

彭越攻徇梁地,下睢阳、外黄⑮等十七城。九月,项王谓大司马曹咎曰:"谨守成皋!即汉王欲挑战,慎勿与战,勿令得东而已。我十五日必定梁地,复从将军。"羽引兵东行,击陈留、外黄、睢阳等城,皆下之。

汉王欲捐⑯成皋以东,屯巩、洛以距楚。郦生曰:"臣闻'知天之天者,王事可成';王者以民为天,而民以食为天。夫敖仓⑰,天下转输久矣,臣闻其下乃有藏粟甚多。楚人拔荥阳,不坚守敖仓,乃引而东,令适卒⑱分守成皋,此乃天所以资汉也。方今楚易取而汉反却,自夺其便,臣窃以为过矣!且两雄不俱立,楚、汉久相持不决,海内摇荡,农夫释耒⑲,工女下机⑳,天下之心未有所定也。愿足下急复进兵,收取荥阳,据敖仓之粟,塞成皋之险,杜太行之道㉑,距蜚狐之口㉒,守白马之津,以示诸侯形制之势,则天下知所归矣。"王从之,乃复谋取敖仓。

食其又说王曰:"方今燕、赵已定,唯齐未下。诸田宗强,负海、岱㉓,阻河、济,南近于楚,人多变诈;足下虽遣数万师,未可以岁月破也。臣请得奉明诏说齐王,使为汉而称东藩。"上曰:"善!"

乃使郦生说齐王曰:"王知天下之所归乎?"王曰:"不知也。天下何所归?"郦生曰:"归汉!"曰:"先生何以言之?"曰:"汉王先入咸阳,项王负约,王之汉中。项王迁杀义帝㉔,汉王闻之,起蜀、汉之兵击三秦,出关而责义帝之处。收天下之兵,立诸侯之后;降城即以侯其将,得赂即以分其士;与天下同其利,豪英贤才皆乐为之用。项王有倍约㉕之名,杀义帝之负;于人之功无所记,于人之罪无所忘;战胜而不得其赏,拔城而不得其封,非项氏莫得用事;天下畔㉖之,贤才怨之,而莫为之用。故天下之事归于汉天,可坐而策也! 夫汉王发蜀、汉,定三秦;涉西河,破北魏;出井陉,诛成安君;此非人之力也,天之福也! 今已据敖仓之粟,塞成皋之险,守白马之津,杜太行之阪,距蜚狐之口;天下后服者先亡矣。王疾先下汉王,齐国可得而保也;不然,危亡可立而待也!"先是,齐闻韩信且东兵,使华无伤、田解将重兵屯历下㉗,军以距汉。及纳郦生之言,遣使与汉平,乃罢历下守战备,与郦生日纵酒为乐。

韩信引兵东,未度平原,闻郦食其已说下齐,欲止。辩士蒯彻说信曰:"将军受诏击齐,而汉独发间使下齐,宁有诏止将军乎,何以得毋行也? 且郦生,一士,伏轼㉘掉三寸之舌,下齐七十余城;将军以数万众,岁余乃下赵五十余城。为将数岁,反不如一竖儒之功乎!"于是信然之,遂渡河。

冬,十月,信袭破齐历下军,遂至临淄,齐王以郦生为卖己,乃烹之;引兵东走高密㉙,使使之楚请救。田横走博阳㉚,守相田光走城阳,将军田既军于胶东。

楚大司马咎守成皋,汉数挑战,楚军不出。使人辱之,数日,咎怒,渡兵汜水㉛。士卒半渡,汉击之,大破楚军,尽得楚国金玉、货赂,咎及司马欣皆自到汜水上。汉王引兵渡河,复取成皋,军广武㉜,就敖仓食。

注释

①汉王:即刘邦。项羽自封为西楚霸王后,刘邦被封为汉王,管辖巴蜀、汉中,都南郑(今陕西汉中市)。

②成皋:古地名,在今河南荥阳西北。

③说(shuì):劝说。

④距:通"拒",抗拒,抵抗。

⑤叶(shè):古邑名,在今河南叶县南。

⑥黥(qíng)布:原姓英,因曾受黥刑,故称黥布。黥,古代肉刑之一种,又称墨刑,用刀在犯人面额刺字,涂以墨,终生去不掉。

⑦宛(yuān):古地名,在今河南南阳。

⑧睢(suī):睢水。

⑨下邳(pī):秦县,故地在今江苏睢宁县西北。

⑩军:作动词,军队驻扎。

⑪小修武:古邑名。在今河南获嘉县境内。

⑫南乡:向南。乡,通"向",面向。

⑬郎中:侍卫官。

⑭白马津:黄河渡口之一,在今河南滑县东北。

⑮睢阳:在今河南商丘南。外黄:在今河南兰考东南。

⑯捐:抛弃,放弃。

⑰敖仓:秦代所建的著名粮仓,因其在荥阳北敖山上,故称敖仓。

文学常识丛书

⑱适卒:因罪被征发的士兵。适,通"谪"。

⑲释耒(lěi):放下农具。耒,耜(sì)的木柄。

⑳工女:指从事纺织的女子。

㉑杜大行之道:堵塞、截断太行的通道。杜,堵塞。太行,即太行山。

㉒蜚狐之口:指蜚狐岭的险要关口。

㉓负:依,依靠。岱:岱山,即泰山。

㉔迁杀义帝:迁徙并杀害了义帝。秦朝灭亡后,项羽尊楚怀王心为义帝,其实只是给个虚名。后项羽迁义帝于长沙郡郴县,又暗地命令九江王黥布把他杀害。

㉕倍约:背叛盟约。倍,违背、背叛。

㉖畔:通"叛",反叛。

㉗历下:古城邑名,汉置历城县,治所在今山东济南西。

㉘轼:车前横木,供乘车者凭伏。

㉙高密:县名,在今山东高密西南。

㉚博阳:县名,在今山东泰安东南。

㉛汜(sì)水:水名。源于河南荥阳西南方山,北流经古时的虎牢关东,注入黄河。

㉜广武:广武城,在今河南荥阳东北广武山上。

65

译 文

汉王出了荥阳,到达成皋,进入函谷关,收集兵马,准备再次东进。辕生劝汉王说:"汉军与楚军已在荥阳相持好几年了,汉军常常陷入困境。现在希望您能从武关出兵,项羽见状必定会领兵南下。而您则修筑深沟高垒,坚守不出战,使荥阳、成皋一线的汉军得到休整;同时派韩信等人去安抚黄河以北赵地的军民,联合燕、齐两国,然后您再奔赴荥阳。如此一来,楚军需要多处设防,兵力即会分散,汉军却得到了休整,这样重与楚军交锋,打垮他便是必定无疑的了!"汉王采纳了辕生的计策,出兵到宛、叶一带,并与黥布一路上收集兵马。项羽听说汉王在宛,果然领兵南下;汉王却只是坚守营垒,不与楚军接战。

汉王在彭城吃了败仗,军队向西溃退,彭越这时又失去了他原来攻下的所有城镇,便独自率领他的部队向北留住在黄河沿岸,经常作为汉军的游击部队往来袭击楚军,断绝楚军后方的粮草供给。这个月,彭越渡过睢水,与项声、薛公在下邳交战,打败了楚军,杀掉了薛公。项羽于是派终公守卫成皋,而自己率军向东去攻打彭越。汉王乘机领兵北进,击垮了终公的防军,又在成皋驻扎下来。

六月,项羽已打跑了彭越。获悉汉军重又驻军成皋后,项羽就领兵西进,攻下荥阳,生擒了周苛。项羽对周苛说:"你若归降我,我将任命你为上将军,并分给你三万户的封地。"周苛斥骂道:"你不赶快投降汉王,眼看着就要被俘虏了;你绝不是汉王的对手!"项羽便煮杀了周苛,并杀了枞公,俘获了韩王信,随即包围了成皋。汉王逃跑,只身与滕公夏侯婴共乘一辆车子出成皋城的玉门,往北渡过黄河,投宿在小修武驿站的客舍中。次日清晨,汉王自称是汉国的使者,奔驰进入赵军营地。这时张耳、韩信还没起床。汉王即闯入他们的卧室,夺走他们的印信兵符,用指挥旗召集众将领们,调换了众将的职位。韩信、张耳起床后才知道汉王来了,大吃一惊。汉王就夺了两人手下的军队,即命张耳去巡行收集兵员,守备赵地。授韩信相国的职位,让他集结赵国尚未征发的部队去攻打齐国。汉军将领们陆陆续续地从成皋逃出,继续追随汉王。楚军于是便攻下了成皋,接着又打算西进。汉王即派兵在巩县抵御楚军,使他无法西进。

......

汉王得到韩信的军队后,重又士气大振。八月,领兵来到黄河岸边,向南驻扎在小修武,想要与楚军再战。郎中郑忠劝阻汉王,让他高筑营垒、深挖壕沟,不要与楚军交锋。汉王听从了他的计策,派将军刘贾、卢绾率步兵两万人、骑兵几百人,渡过白马津,进入楚地,协助彭越,烧毁楚国积聚的粮草辎重,以破坏楚国的后备基础,使它无法再给前方项羽的军队供给粮草。楚军进攻刘贾,刘贾总是坚守营垒不肯与楚军接战,而与彭越相互呼应救援。

彭越攻夺故梁国的土地,攻下了睢阳、外黄等十七个城邑。九月,项羽对大司马曹咎说:"谨慎地把守成皋!即使汉军要来挑战,你也千万不可应战,只须不让他能够东进就行了。我十五天之内必能平定梁地,重与你汇合到一起。"项羽随即领兵向东进发,攻打陈留、外黄、睢阳等城,都攻克了。

汉王想放弃成皋以东地区,驻扎到巩县、洛阳,以抗拒楚军的西进。郦食其说道:"我听说'懂得民以食为天这一道理的人,帝王的事业可以成功';治理天下的国君把百姓当作天,而百姓则把粮食当作天。敖仓,作为天下转运粮食的集散地已经很久了,我获悉那里贮藏的粮食非常之多。现在楚军攻下荥阳,竟然不坚守敖仓,而却领兵东去,只派些因获罪被罚充军的士兵分守成皋,这真是上天对汉军的帮助啊。目前楚军容易攻取,汉军反倒退却,自己贻误有利战机,我私下里认为这是个过错!而且两雄不可并立,楚、汉长久地相持不下,使得海内动荡不定,农夫放下农具停止耕作,织女离开织机不再纺纱织布,普天之下民心惶惶没有归属。因此希望您赶快再度进兵,收复荥阳,占有敖仓的粮食,扼守住成皋的险要,断绝太行的通道,在蜚狐隘口设防抵抗,把守白马津,向诸侯显示汉军已占据有利地形能够克敌制胜的态势,这么一来,天下人便都知道自己的归向了。"汉王接受了郦食其的建议,随即重又去谋取敖仓。

郦食其于是又劝说汉王道:"目前燕和赵都已平定,只有齐尚未攻克。

而今齐的田氏宗族势力强大,以东海、泰山为依靠,黄河、济水为屏障,南面临近楚,百姓多狡诈善变,您即使派遣几万人的军队去征伐,也无法在一年或数月的短时间内攻下。为此我请求准许我奉您的诏令前去游说齐王田广,使他归顺汉,自称作汉东面的藩属。"汉王说:"好!"

汉王即派郦食其去劝说齐王道:"大王您可知道天下的人心所向吗?"齐王说:"不知道啊。天下人都归向哪里呀?"郦食其说:"归向汉王!"齐王道:"您为什么这样说呢?"郦食其说:"是汉王率先攻入咸阳的,但项羽却背弃先前的盟约,让汉王到汉中去做王。项羽随后又迁徙并杀害了义帝,汉王闻讯,即调动蜀、汉的军队攻打三秦,出函谷关,责问义帝的下落。同时收集天下的兵员,扶立诸侯的后裔,降服了城邑就把它们封给有功的将领做侯王,获得了财物就把它们封赐给手下的士兵,与天下人同享利益,因此豪杰英雄和贤能才士都乐意为他驱使。而项羽有违约背信的恶名及杀害义帝忘恩负义的罪责;且对人家的功劳毫不记在心中,对人家的过失却总是耿耿于怀;将士打了胜仗得不到奖赏,攻陷了城镇得不到赐封,不是项姓的人就没有谁能够当权主事;致使天下人都反叛他,贤能才士都怨恨他,无一人愿意为他效力。所以天下大业将归属汉王,是可以坐着就算定的啦!汉王从蜀、汉出兵,平定三秦,渡过西河,打垮北魏,出井陉,杀成安君陈余,这些并不是靠人的力量,而是仰赖上天降下的洪福啊!现在汉军已经占有了敖仓的粮食,扼守住了成皋的险要,控制了白马津,断绝了太行的山路,设防在蜚狐隘口。依此形势,天下诸侯后来归服的当会先遭覆灭的命运了。大王您若抢先降服汉王,齐国便可以得到保全,否则的话,危亡的结局片刻就会到来!"在此之前,齐国听说韩信将要领兵东进,即派华无伤、田解率重兵驻扎在历下,以抵御汉军。待到齐王采纳了郦食其的建议,派使者与汉王媾和后,齐王便解除了历下城的战备防守,与郦食其天天纵情地饮酒作乐。

文学常识丛书

这时韩信领兵东来,尚未从平原渡口渡过黄河,就听说郦食其已经劝说得齐国归降了,便想停止前进。辩士蒯彻劝韩信说:"您受汉王诏命攻打齐国,而汉王只不过是另派密使去劝降齐国,难道又发出了诏令命将军您停止进攻了吗?您怎么能不继续前进了呢?况且郦食其这个人,不过是个说客,俯身在车前的横木上,驶入齐国去鼓弄他的三寸不烂之舌,凭此便降服了齐国七十多个城池;而您统率着几万人马,历时一年多才攻下赵国的五十余座城池。这样看来,您作大将军几年,反倒不如一个书呆子的功劳大了!"韩信因此同意了蒯彻的意见,即率军渡过黄河。

冬季,十月,韩信打败了齐国的历下守军,随后直打到齐国的都城临淄。齐王田广认为郦食其出卖了自己,就煮杀了他。然后领兵向东逃往高密,派使者到楚国去请求救援。田横这时逃奔博阳,守相田光逃奔城阳,将军田既驻扎在胶东。

楚国大司马曹咎驻守成皋,汉军屡次挑战,楚军只是坚守不出。汉军于是派人到阵前百般辱骂曹咎,一连几天,激得曹咎暴怒,即领兵横渡汜水。楚国的士兵刚渡过一半,汉军就对它发起攻击,大败楚军,缴获了楚国的全部金银玉器和财物。曹咎和长史司马欣都在汜水之畔自杀身亡。汉王随即领兵渡过黄河,再次收复成皋,驻扎到广武,取用敖仓的粮食作军粮。

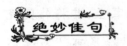

绝妙佳句

王者以民为天,而民以食为天。

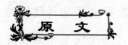

官渡之战

　　曹操出兵与袁绍战,不胜,复还,坚壁。绍为高橹①,起土山,射营中,营中皆蒙楯而行。操乃为霹雳车②,发石以击绍楼,皆破;绍复为地道攻操,操辄于内为长堑③以拒之。操众少粮尽,士卒疲乏,百姓困于征赋,多叛归绍者。操患④之,与荀彧书,议欲还许,以致⑤绍师。彧报曰:"绍悉众聚官渡⑥,欲与公决胜败。公以至弱当至强,若不能制,必为所乘,是天下之大机也。且绍,布衣⑦之雄耳,能聚人而不能用。以公之神武明哲而辅以大顺,何向而不济!今谷食虽少,未若楚、汉在荥阳、成皋⑧间也。是时刘、项莫肯先退者,以为先退则势屈也。公以十分居一之众,画地而守之,扼其喉而不得进,已半年矣。情见⑨势竭,必将有变。此用奇之时,不可失也。"操从之,乃坚壁持之。

　　操见运者,抚之曰:"却⑩十五日为汝破绍,不复劳汝矣。"绍运谷车数千乘至官渡。荀攸言于操曰:"绍运车旦暮至,其将韩猛锐而轻敌,击,可破也!"操曰:"谁可使者?"攸曰:"徐晃可。"乃遣偏将军河东徐晃与史涣邀击猛,破走之,烧其辎重。

　　冬,十月,绍复遣车运谷,使其将淳于琼等将兵万余人送之,宿绍营北四十里。沮授说绍:"可遣蒋奇别为支军于表,以绝曹操之钞⑪。"绍不从。

许攸曰："曹操兵少而悉师拒我，许下余守，势必空弱。若分遣轻军，星行掩袭，许可拔⑫也。许拔，则奉迎天子以讨操，操成禽矣。如其未溃，可令首尾奔命，破之必也。"绍不从，曰："吾要当先取操。"会攸家犯法，审配收系之，攸怒，遂奔操。

操闻攸来，跣⑬出迎之，抚掌笑曰："子卿⑭远来，吾事济矣！"既入坐，谓操曰："袁氏军盛，何以待之？今有几粮乎？"操曰："尚可支一岁。"攸曰："无是，更言之！"又曰："可支半岁。"攸曰："足下⑮不欲破袁氏邪，何言之不实也！"操曰："向言戏之耳。其实可一月，为之奈何？"攸曰："公孤军独守，外无救援而粮谷已尽，此危急之日也。袁氏辎重万余乘，在故市、乌巢⑯，屯军无严备，若以轻兵袭之，不意而至，燔⑰其积聚，不过三日，袁氏自败也。"操大喜，乃留曹洪、荀攸守营，自将步骑五千人，皆用袁军旗帜，衔枚⑱缚马口，夜从间道出，人抱束薪，所历道有问者，语之曰："袁公恐曹操钞略后军，遣兵以益备。"闻者信以为然，皆自若。既至，围屯，大放火，营中惊乱。会明，琼等望见操兵少，出陈门外，操急击之，琼退保营，操遂攻之。

绍闻操击琼，谓其子谭曰："就操破琼，吾拔其营，彼固无所归矣！"乃使其将高览、张郃等攻操营。郃曰："曹公精兵往，必破琼等，琼等破，则事去矣，请先往救之。"郭图固请攻操营。郃曰："曹公营固，攻之必不拔。若琼等见禽⑲，吾属尽为虏矣。"绍但遣轻骑救琼，而以重兵攻操营，不能下。

绍骑至乌巢，操左右或言："贼骑稍近，请分兵拒之。"操怒曰："贼在背后，乃白！"士卒皆殊死战，遂大破之，斩琼等，尽燔其粮谷,士卒千余人,皆取其鼻,牛马割唇舌,以示绍军。绍军将士皆恟㉑惧。郭图惭其计之失,复谮㉑张郃于绍曰:"郃快军败。"郃忿惧,遂与高览焚攻具,诣㉒操营降。曹洪疑不敢受,荀攸曰:"郃计画不用,怒而来奔,君有何疑!"乃受之。

于是绍军惊扰,大溃。绍及谭等幅巾乘马,与八百骑渡河。操追之不及,尽收其辎重、图书、珍宝。余众降者,操尽坑之,前后所杀七万余人。

沮授不及绍渡,为操军所执,乃大呼曰:"授不降也,为所执耳!"操与之有旧,迎谓曰:"分野㉓殊异,遂用圮绝㉔,不图今日乃相禽也!"授曰:"冀州失策,自取奔北。授知力俱困,宜其见禽。"操曰:"本初无谋,不相用计,今丧乱未定,方当与君图之。"授曰:"叔父、母弟,县命㉕袁氏,若蒙公灵,速死为福。"操叹曰:"孤早相得,天下不足虑也。"遂赦而厚遇焉。授寻谋归袁氏,操乃杀之。

操收绍书中,得许下及军中人书,皆焚之,曰:"当绍之强,孤犹不能自保,况众人乎!"

冀州城邑多降于操。袁绍走至黎阳北岸,入其将军蒋义渠营,把其手曰:"孤以首领相付矣!"义渠避帐而处之,使宣号令。众闻绍在,稍复归之。

或谓田丰曰:"君必见重矣。"丰曰:"公貌宽而内忌,不亮吾忠,而吾数以至言㉖迕之,若胜而喜,犹能赦我,今战败而恚㉗,内忌将发,吾不望生。"绍军士皆捊膺泣曰:"向令㉘田丰在此,必不至于败。"绍谓逢纪曰:"冀州诸人闻吾军败,皆当念吾,惟田别驾前谏止吾,与众不同,吾亦惭之。"纪曰:"丰闻将军之退,拊手㉔大笑,

72

喜其言之中也。"绍于是谓僚属曰:"吾不用田丰言,果为所笑。"遂杀之。初,曹操闻丰不从戎,喜曰:"绍必败矣。"及绍奔遁,复曰:"向使绍用其别驾计,尚未可知也。"

审配二子为操所禽,绍将孟岱言于绍曰:"配在位专政,族大兵强,且二子在南,必怀反计。"郭图、辛评亦以为然。绍遂以岱为监军,代配守邺。护军逢纪素与配不睦,绍以问之,纪曰:"配天性烈直,每慕古人之节,必不以二子在南为不义也。愿公勿疑。"绍曰:"君不恶之邪?"纪曰:"先所争者,私情也;今所陈者,国事也。"绍曰:"善!"乃不废配,配由是更与纪亲。冀州城邑叛绍者,绍稍复击定之。

绍为人宽雅,有局度⑩,喜怒不形于色,而性矜愎自高,短于从善,故至于败。

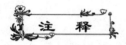

注 释

①橹(lǔ):望楼,用于侦察、攻守的建筑物。

②为:制作,制造。霹雳车:古代以机械发石的战车。

③堑(qiàn):深沟,壕沟。

④患:忧虑,担忧。

⑤致:招引,引诱。

⑥悉:都,全。官渡:今河南中牟县东北。

⑦布衣:借指平民。布衣为古代庶人的服饰,故称。

⑧荥阳:今河南荥阳东北。成皋:今河南荥阳西北。

⑨见:同"现",显现。

⑩却:过后,再过。

⑪钞:同"抄",从侧面或近路过去。

⑫拔：攻克，攻取。

⑬跣(xiǎn)：赤脚，光着脚。

⑭子卿：许攸，字子远，称"子卿"，尊敬之意。

⑮足下：古代下称上或同辈相称都可用"足下"。

⑯故市、乌巢：都在今河南省延津县境内。

⑰燔(fán)：焚烧。

⑱枚：形状像筷子，两端有小绳，古时行军袭敌时，衔在口中，绳系颈上，使人不便说话，以免发出声响。

⑲若：假若，如果。见禽：被捉住。禽，通"擒"。

⑳恟(xiōng)：惊骇。

㉑谮(zèn)：说人坏话，诬陷别人。

㉒诣：往，到。

㉓分野：指封建诸侯的境域。

㉔圮(pǐ)绝：断绝，隔绝。

㉕县命：把性命托付给人，即性命攸关。县，同"悬"。

㉖数：屡次。以：因，因为。至言：深切中肯的言论。

㉗恚(huì)：发怒，怨恨。

㉘向令：假如。

㉙拊(fǔ)手：拍手，鼓掌。表示赞赏、高兴。

㉚局度：气度，度量。

译 文

曹操出兵与袁绍交战，没有取胜，又退回来坚守营垒。袁绍军中制造高楼，堆起土山，居高临下地向曹营射箭，曹军在营中行走，都要用盾牌遮挡飞箭。曹操就制造霹雳车,发射石块,将袁绍的高楼全都击毁。袁绍又挖地道进攻,曹军在营内挖一道长长的深沟,以抵御袁军从地下来攻。曹操兵少粮尽,士兵疲惫不堪,百姓无法交纳沉重的赋税,纷纷背叛而降附袁绍。曹操大为忧虑,给荀彧写信,说准备用退回许都的办法,引诱袁军深入。荀彧回信说:"袁绍集中全部军队到官渡,打算与您一决胜负。您以最弱者抵抗最强者,如果不能制敌,就将为敌所制,这正是夺取天下的关键。而且,袁绍只是布衣中的英雄罢了,只能招集人才却不能任用。以您的神武明智,加上尊奉天子、名正言顺,有什么不能够成功的! 如今,粮食虽少,但还没有到楚、汉在荥阳、成皋对峙时的困境。那时刘邦、项羽谁也不肯先向后撤,是因为先退就会处于劣势。您的军队只有袁绍军队的十分之一,但您坚守不动,扼住袁军的咽喉,使袁军无法前进,已长达半年。情势显现,已到终结,必将发生变化,这正是出奇制胜的时机,一定不能放弃。"曹操听从荀彧的劝告,于是坚守营垒,与袁绍相持。

75

曹操见到运输粮草的人,安抚他们说:"再过十五天,为你们击败袁绍,就不再辛苦你们运粮了。"袁绍的运粮车数千辆来到官渡,荀攸对曹操说:"袁绍的运送辎重的车队马上就要来了,押运的大将韩猛勇敢而轻敌,进攻他,可以把他击败!"曹操说:"派谁去合适?"荀攸说:"徐晃最合适。"于是,曹操派遣偏将军河东人徐晃与史涣在半路截击韩猛,击退韩猛,烧毁辎重。

冬季,十月,袁绍又派大批车辆运粮草,让大将淳于琼等率领一万余人护送,停留在袁绍大营以北四十里处。沮授劝袁绍说:"可派遣蒋奇率一支军队,在运粮队的外围巡逻,以防曹操派军袭击。"袁绍不听。

许攸说:"曹操兵少,而集中全力来抵抗我军,许都由剩下的人守卫,防备一定空虚,如果派一支队伍轻装前进,连夜奔袭,可以攻取许都。占领许都后，就奉迎天子以讨伐曹操，必能捉住曹操。假如他未立刻溃散，也能使他首尾不能兼顾，疲于奔命；一定可将他击败。"袁绍不同意，说："我一定要先捉住曹操。"正在这时，许攸家里有人犯法，留守邺城的审配将他们逮捕，许攸知道后大怒，就投奔曹操。

曹操听说许攸前来，等不及穿鞋，光着脚出来迎接他，拍手笑着说："许子卿，你远道而来，我的大事可成功了！"入座以后，许攸对曹操说："袁军势大，你有什么办法对付他？现在还有多少粮草？"曹操说："还可以支持一年。"许攸说："没有那么多，再说一次。"曹操又说："可以支持半年。"许攸说："您不想击破袁绍吗？为什么不说实话呢！"曹操说："刚才只是开玩笑罢了，其实只可应付一个月，怎么办呢？"许攸说："您孤军独守，外无救援，而粮草已尽，这是危急的关头。袁绍有一万多辆辎重车，在故市、乌巢，守军戒备不严密，如果派轻装部队袭击，出其不意而来，焚毁他们的粮草与军用物资，不出三天，袁绍大军就会自行溃散。"曹操大喜，于是留下曹洪、荀攸防守大营，亲自率领五千名步骑兵出击。军队一律用袁军的旗号，兵士嘴里衔着小木棍，把马嘴绑上，以防发出声音，夜里从小道出营，每人抱一捆柴草。经过的路上遇到有人盘问，就回答说："袁公恐怕曹操袭击后方辎重，派兵去加强守备。"听的人信以为真，全都毫无戒备。到达乌巢后，围住袁军辎重，四面放火，袁军营中大乱。正在这时，天已渐亮，淳于琼等看到曹军兵少，就在营外摆开阵势，曹操进军猛击，淳于琼等抵挡不住，退守营寨，于是曹军开始进攻。

袁绍听到曹操袭击淳于琼的消息，对儿子袁谭说："就算曹操攻破淳于琼，我去攻破他的大营，让他无处可归。"于是，派遣大将高览、张郃去攻打曹军大营。张郃说："曹操亲率精兵前去袭击，必能攻破淳于琼等，他们一败，辎重被毁，则大势已去，请先去救援淳于琼。"郭图坚持要先攻曹操营寨。张郃说："曹操营寨坚固，一定不能攻克。如果淳于琼等被捉，我们都将成为俘虏。"袁绍只是派轻兵去援救淳于琼，而派重兵进攻曹军大营，未能攻下。

袁绍增援的骑兵到达乌巢，曹操左右有人说："敌人的骑兵逐渐靠近，请分兵抵抗。"曹操怒喝道："敌人到了背后，再来报告！"曹军士兵都拼死作战，于是大破袁军，斩杀淳于琼等，烧毁袁军全部粮秣，将一千余名袁军士兵的鼻子全都割下，将所俘获的牛马的嘴唇、舌头也割下，拿给袁绍军队看。袁军将士看到后，大为恐惧。郭图因自己的计策失败，心中羞愧，就又去袁绍那里诬告张郃，说："张郃听说我军失利，十分幸灾乐祸。"张郃听说后，又恨又怕，就与高览烧毁了攻营的器械，到曹营去投降。曹洪生怕中计，不敢接受他们投降。荀攸说："张郃因为计策不为袁绍采用，一怒之下来投奔，您有什么可怀疑的！"于是接受张郃、高览的投降。

于是，袁军惊恐，全面崩溃。袁绍与袁谭等戴着头巾，骑着快马，率领八百名骑士渡过黄河而逃。曹军追赶不及，但缴获了袁绍的全部辎重、图书和珍宝。袁军残部投降，全部被曹操活埋掉，先后杀死的有七万余人。

沮授来不及跟上袁绍渡河逃走，被曹军俘虏，于是他大喊："我不是投降，只是被擒！"曹操和他是老相识，亲自来迎接他，对他说："咱们处在不同的地区，一直被隔开不能相见，想不到今天你会被我捉住。"沮授说："袁绍失策，自取失败。我的才智和能力全都无法施展，该当被擒。"曹操说："袁绍缺乏头脑，不能采用你的计策，如今天下战乱未定，我要与你一同创立功业。"沮授说："我叔父与弟弟的性命，都控制在袁绍手中。如果蒙您看重，就请快些杀我，这才是我的福气。"曹操叹息说："我如果早就得到你，天下大事都不值得担忧了。"于是，赦免沮授，并给予

群雄争锋

他优厚待遇。不久，沮授策划逃回袁绍军中，曹操这才将他杀死。

曹操收缴袁绍的往来书信，得到许都官员及自己军中将领写能袁绍的信，他将这些信全部烧掉，说："当袁绍强盛之时，连我都不能自保，何况众人呢！"

冀州属下的郡县多投降曹操。袁绍逃到黎阳的黄河北岸，进入部将蒋义渠营中，握着他的手说："我把脑袋托付给你了。"蒋义渠把大帐让给袁绍，让他在内发号施令，袁军残部知道袁绍还在，又逐渐聚集起来。

有人对田丰说："您一定会受到重用。"田丰说："袁绍表面宽厚而内心猜忌，不能明白我的一片忠心，而我屡次因直言相劝而触怒了他，如果他因胜利而高兴，或许能赦免我；现在因战败而愤恨，妒心将要发作，我不指望能活下去。"袁军将士都捶胸痛哭，说："假如田丰在这里，一定不至于失败。"袁绍对逢纪说："留在冀州的众人，听到我军失败，都会挂念我；只有田丰以前曾经劝阻我出兵，与众人不同，我也感到心中有愧。"逢纪说："田丰听说将军失利，拍手大笑，庆幸他的预立实现了。"袁绍于是对僚属说："我没有用田丰的计策，果然被他取笑。"于是就杀掉田丰。起初，曹操听说田丰没有随军出征，高兴地说："袁绍必败无疑。"到袁绍大败逃跑时，曹操又说："假如袁绍采用田丰的计策，胜败还难以预料。"

审配的两个儿子被曹军俘虏，袁绍部将孟岱对袁绍说："审配官居高位，专权独断，家族人丁旺盛，兵马十分精锐，而且他两个儿子都在南方，一定会心生背叛之意。"郭图、辛评也以为如此。袁绍就委任孟岱为监军，代替审配镇审邺城。护军逢纪一向与审配不和睦，袁绍去征询逢纪的意见，逢纪说："审配天性刚直，经常仰慕古人的气节，一定不会因为两个儿子在敌人手中而做出不义的事来。希望您不要怀疑。"袁绍说："你不恨他吗?"逢纪说:"以前我与他争执是私人小事,如今我所说的是国家大事。"袁绍说:"好!"就没有废除审配,审配从此与逢纪的关系日益亲近。冀州属下一些背叛袁绍的城邑,袁绍逐渐收复平定。

袁绍为人宽厚文雅,有气度,喜怒不形于色,但性格刚愎自用,不听从别人的善言,所以最终失败。

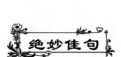

绝妙佳句

先所争者,私情也;今所陈者,国事也。

群雄争锋

赤壁之战

　　初，鲁肃闻刘表卒①，言于孙权②曰："荆州与国邻接③，江山险固④，沃野万里，士民殷富⑤，若据而有之，此帝王之资也。今刘表新亡⑥，二子不协⑦，军中诸将，各有彼此⑧。刘备天下枭雄⑨，与操有隙⑩，寄寓⑪于表，表恶其能⑫而不能用也。若备与彼协心⑬，上下齐同，则宜抚安，与结盟好；如有离违⑭，宜别图之，以济⑮大事。肃请得奉命吊表二子，并慰劳其军中用事者⑯，及说备使抚表众，同心一意，共治⑰曹操，备必喜而从命。如其克谐，天下可定也。今不速往，恐为操所先⑱。"权即遣肃行。到夏口⑲，闻操已向荆州，晨夜兼道，比至南郡⑳，而琮已降，备南走，肃径㉑迎之，与备会于当阳长坂㉒。肃宣权旨㉓，论天下事势，致殷勤之意，且问备曰："豫州今欲何至㉔？"备曰："与苍梧太守吴巨有旧㉕，欲往投之。"肃曰："孙讨虏聪明仁惠㉖，敬贤礼士，江表英豪咸归附㉗之，已据有六郡㉘，兵精粮多，足以立事。今为君计，莫若遣腹心㉙自结于东，以共济世业。而欲投吴巨，巨是凡人，偏在远郡，行将为人所并，岂足托乎！"备甚悦。肃又谓诸葛亮㉚曰："我，子瑜友也。"即共定交。子瑜者，亮兄瑾也，避乱江东，为孙权长史㉛。备用肃计，进住鄂县之樊口㉜。

　　曹操自江陵将顺江东下㉝，诸葛亮谓刘备曰："事急矣，请奉命

求救于孙将军。"遂与鲁肃俱诣㉞孙权。亮见权于柴桑㉟，说权曰："海内大乱，将军起兵江东㊱，刘豫州收众汉南㊲，与曹操共争天下。今操芟夷大难㊳，略已平矣，遂破荆州，威震四海。英雄无用武之地，故豫州遁逃至此，愿将军量力而处之！若能以吴、越之众与中国抗衡㊴，不如早与之绝；若不能，何不按兵束甲，北面而事之㊵！今将军外托服从之名而内怀犹豫之计，事急而不断，祸至无日㊶矣！"权曰："苟如君言，刘豫州何不遂事之乎？"亮曰："田横㊷，齐之壮士耳，犹守义不辱；况刘豫州王室之胄㊸，英才盖世，众士慕仰，若水之归海。若事之不济，此乃天也，安能复为之下乎！"权勃然曰："吾不能举全吴之地，十万之众，受制于人，吾计决矣！非刘豫州莫可以当曹操者㊹，然豫州新败之后㊺，安能抗此难乎？"亮曰："豫州军虽败于长坂，今战士还者及关羽水军精甲万人，刘琦合江夏㊻战士亦不下万人。曹操之众远来疲敝㊼，闻追豫州，轻骑一日一夜行三百余里，此所谓'强弩之末势不能穿鲁缟'者也，故兵法忌之，曰'必蹶上将军'。且北方之人，不习水战；又，荆州之民附操者，逼兵势耳，非心服也。今将军诚㊽能命猛将统兵数万，与豫州协规同力，破操军必矣。操军破，必北还；如此则荆、吴之势强，鼎足之形㊾成矣。成败之机，在于今日！"权大悦，与其群下谋之。

是时曹操遗权书㊿曰："近著奉辞伐罪，旌麾南指(51)，刘琮束手(52)。今治水军八十万众，方与将军会猎于吴(53)。"权以示群下，莫不响震失色。长史张昭(54)等曰："曹公，豺虎也，挟天子以征四方，动以朝廷为辞，今日拒之，事更不顺。且将军大势可以拒操者，长

江也;今操得荆州,奄有⑤其他,刘表治水军,蒙冲斗舰乃以千数⑤,操悉浮以沿江,兼有步兵,水陆俱下,此为长江之险已与我共之矣。而势力众寡又不可论。愚谓大计⑤不如迎之。"鲁肃独不言。权起更衣⑤,肃追于宇下。权知其意,执肃手曰:"卿欲何言⑤?"肃曰:"向察众人之议,专欲误将军,不足与图大事。今肃可迎操耳,如将军不可也。何以言之?今肃迎操,操当以肃还付乡党⑥,品其名位,犹不失下曹⑥从事,乘犊车,从吏卒,交游士林,累官故不失州郡也。将军迎操,欲安所归乎?愿早定大计,莫用众人之议也!"权叹息曰:"诸人持议,甚失孤望。今卿廓开大计,正与孤同。"

时周瑜受使至番阳⑥,肃劝权召瑜还。瑜至,谓权曰:"操虽托名汉相,其实汉贼也。将军以神武雄才,兼仗父兄之烈,割据江东,地方数千里,兵精足用,英雄乐业,当横行天下,为汉家除残去秽;况操自送死,而可迎之邪?请为将军筹之。今北土未平,马超、韩遂尚在关西⑥,为操后患;而操舍鞍马,仗舟楫,与吴、越争衡。今又盛寒,马无稿草。驱中国士众远涉江湖之间,不习水土,必生疾病。此数者用兵之患也,而操皆冒行之。将军禽⑥操,宜在今日。瑜请得精兵数万人,进住夏口,保为将军破之!"权曰:"老贼欲废汉自立久矣,徒忌二袁、吕布、刘表与孤耳;今数雄已灭,惟孤尚存。孤与老贼势不两立,君言当击,甚与孤合,此天以君授孤也。"因拔刀斫前奏案,曰:"诸将吏敢复有言当迎操者,与此案同!"乃罢会。

是夜,瑜复见权曰:"诸人徒见操书言水步⑥八十万而各恐慑,不复料其虚实，便开此议，甚无谓也。今以实校之，彼所将中国人不过十五六万，且已久疲；所得表众亦极七八万耳，尚怀狐疑。夫以疲病之卒御狐疑之众，众数虽多，甚未足畏。瑜得精兵五万，自足制之，愿将军勿虑！"权抚其背曰："公瑾，卿言至此，甚合孤心。子布、元表诸人各顾妻子[66]，挟持私虑，深失所望；独卿与子敬与孤同耳，此天以卿二人赞孤也！五万兵难卒合，已选三万人，船、粮、战具俱办。卿与子敬、程公[67]便在前发，孤当续发人众，多载资粮，为卿后援。卿能办之者诚决，邂逅不如意，便还就孤，孤当与孟德决之。"遂以周瑜、程普为左右督，将兵与备并力逆操；以鲁肃为赞军校尉[68]，助画方略。

......

进，与操遇于赤壁。

时操军众已有疾疫，初一交战，操军不利，引次江北。瑜等在南岸，瑜部将黄盖[69]曰："今寇众我寡，难与持久。操军方连船舰，首尾相接，可烧而走也。"乃取蒙冲斗舰十艘，载燥荻枯柴，灌油其中，裹以帷幕，上建旌旗，豫备走舸，系于其尾。先以书遗操，诈云欲降。时东南风急，盖以十舰最著前，中江举帆，余船以次俱进。操军吏士皆出营立观，指言盖降。去北军[70]二里余，同时发火，火烈风猛，船往如箭，烧尽北船，延及岸上营落。顷之，烟炎张天，人马烧溺死者甚众。瑜等率轻锐继其后，雷鼓大震，北军大坏[71]，操引军从华容道步走[72]，遇泥泞，道不通，天又大风，悉使羸兵负草填之，骑乃得过。羸兵为人马所蹂藉，陷泥中，死者甚众。刘备、周瑜水陆并进，追操至南郡。时操军兼以饥疫，死者太半[73]。操乃留征南将军曹仁、横野将军徐晃^⑭守江陵,折冲将军乐进^⑮守襄阳,引军北还。

注 释

①鲁肃:字子敬,赤壁之战前,是孙权的主要谋士,周瑜死后,接替周瑜掌管军权。刘表:字景升,东汉末年任荆州刺史(州的地方长官),死于建安十三年(公元208年)。卒:死。

②孙权:字仲谋,割据江东,公元229年自立为吴帝。

③荆州:今湖北、湖南一带,州城在襄阳(今湖北省襄樊市)。国:指吴,即孙权割据的范围。邻接:像毗邻一样连接。

④险:形容地势险要。固:形容地势易于固守。

⑤士民:士人与庶民的合称,指"百姓"。殷富:殷实、富足。

⑥新亡:刚死。

⑦二子不协:两个儿子不协和。刘表爱少子刘琮,让长子刘琦出外做江夏太守。刘表死后,刘琮即位,兄弟结怨,互相争权。

⑧各有彼此:各自(都)有(站在)那一方和这一方(的情形)。即有的拥戴刘琮,有的拥戴刘琦。

⑨刘备:字玄德,公元201年在汝南被曹操击败后,便投靠了刘表,后为蜀的开国君主。枭(xiāo)雄:意思近于"英雄",含有精明、厉害、不肯屈居人下的意思。枭,一种凶猛的鸟。

⑩与曹有隙:跟曹操有仇恨。建安三年(公元198年),刘备被吕布击溃,投奔曹操,曹操任命刘备为豫州刺史;建安四年,汉献帝的亲信董承带了密诏与刘备计划杀害曹操;建安五年春,计划泄露,曹操捕杀董承,击败刘备,刘备奔冀州投靠袁绍;六年,曹操再次击败刘备,刘备于是奔荆州依

附刘表,所以说"与操有隙"。

⑪寄寓:寄住,这里是暂驻扎的意思。刘备当时屯驻在新野,属刘表管辖。

⑫恶其能:嫉妒他的才能。恶,厌恶,引申为嫉妒。

⑬彼:代词,他们,指刘表左右的人。协心:思想一致。

⑭离违:离心、不和。指刘备与刘表的人不合作。

⑮济:成就。

⑯用事者:掌权的人。

⑰治:对付。

⑱为操所先:被曹操占了先。为……所……:这是文言中表被动的格式。

⑲夏口:今湖北省武汉市。

⑳比:介词,表示"等到……的时候"。南郡:郡名,郡城在今湖北省江陵县。

㉑径:直,直截地。

㉒会:双方会见。当阳:今湖北省当阳县。长坂:长坂坡,在当阳县东北百余里。

㉓宣:传达,说明。旨:旨意,意思。

㉔豫州:对刘备的称呼。刘备曾经做过豫州刺史,故有此称。何至:到哪里。何,疑问代词,作动词"至"的前置宾语。

㉕苍梧:郡名,郡城在今广西省苍梧市。吴巨:人名。《三国志·蜀书·刘备传》裴松之注,作"吴臣"。有旧:有旧交,有老交情。

㉖孙讨虏:对孙权的称呼。曹操曾以汉献帝的名义封孙权为讨虏将军,故有此称。仁:仁爱。惠:慈惠,给人以好处。

㉗江表:江外,指江南一带的地方。咸:全,都。归:投奔。附:依附。

㉘六郡：吴、会稽、丹阳、豫章、庐陵、新都。在今江苏、浙江、江西一带。

㉙腹心：即心腹，亲信的人。

㉚诸葛亮：字孔明，辅佐刘备。刘备死后受诏辅政。

㉛长史：官名，汉代丞相、三公以及将军府中的属官之长叫"长史"，相当于秘书长。

㉜鄂县：今湖北省鄂城县。樊口：在鄂城县西北五里。

㉝江陵：当时属荆州管辖，在今湖北省江陵县。东下：向东进军。

㉞诣：到……去。

㉟柴桑：旧县名，故址在今江西省九江县西南。

㊱起兵江东：在江东起兵。江东：长江下游南岸一带地区。长江的下游是向东北流的，从中原看来，江南地区是在江南之东，故称"江东"。

㊲汉南：汉水以南。

㊳芟（shān）夷大难：削平大乱。指曹操灭吕布、平袁绍弟兄等事。芟，原指割除杂草，此取"削割"义。夷，平、平定。大难，大乱。

㊴吴、越：古代吴越两国的所在地，即今江苏、浙江一带地方，此处泛指孙权割据区域。中国：中原，指曹操统治的地域。抗衡：对抗，争高低。

㊵北面而事之：面朝北而事奉他。这是指投降曹操，向他称臣。封建时代皇帝坐北朝南，臣子面朝北朝见天子。北面：面朝北。事，动词，事奉。

㊶无日：没有几天。

㊷田横：秦朝末年齐国的旧贵族。楚、汉相争时，曾自立为齐王。刘邦称帝后，田横及其部下都逃入海岛。刘邦叫他入朝做官，他走到洛阳就自杀了。留在岛上的五百人，听到这个消息后，也全部自杀。

㊸王室之胄：王室的后代。刘备自称是汉景帝的儿子中山靖王刘胜的后代。胄，子孙、后裔。

㊹非刘豫州莫可以当曹操者：不是刘备（就）没有谁是可以抵抗曹操

的。莫，无定代词，没有谁，没有什么人。当，动词，抵挡。

㊺然：但是，可是。新败之后：指刘备败于长坂坡的事。建安十三年九月，刘备驻兵樊城，曹操以为有粮食、武器储存，怕刘备占据，就派兵攻打刘备。刘备慌忙逃去，曹操一日一夜行三百余里追赶，至当阳长坂坡追上。刘备抛掉妻子，与诸葛亮、张飞、赵云带数十骑逃去。

㊻合：聚集，收拢。江夏：郡名，郡城在今湖北省黄冈县西北，刘表未死前，刘琦做江夏太守。

㊼疲敝：疲劳不堪。

㊽诚：果真。

㊾鼎足之形：比喻孙权、刘备、曹操势均力敌三分天下的形势。鼎，古代烹煮用的器具，一般是三足两耳。

㊿是时：这时。遗：送给。书：信。

(51)旌麾(jīng huī)南指：意思是大军向南挺进。旌麾，古代用以指挥军队的旗帜。

(52)束手：绑起手来。意即投降。

(53)方与将军会猎于吴：正要与孙将军在东吴较量一番。方，时间副词，正、正要。会猎，会合在一起打猎。古代借会猎进行军事演习。这里是委婉地表示要同孙权交战。

(54)张昭：字子布，孙权部下的高级谋士。

(55)奄有：完全地占有。奄，覆盖，此为“整个(完全)地”。

(56)蒙冲斗舰乃以千数：蒙冲和斗舰，就(得)用千位数来计算。蒙冲，一种用于快速袭击的小船。船上蒙以牛皮，两侧开孔，以便摇橹、射箭、使用长矛。斗舰，一种设有矮墙的大型战船。墙上开孔，以便射箭、摇橹；向内五尺，建有船舱，舱上又建矮墙，设兵驻守；船上设旌旗、战鼓。数，动词，计算。

⑤⑦愚:自称的谦词,可译为"我"。大计:最好的打算。

⑤⑧更衣:上厕所。

⑤⑨卿欲何言:您想说什么? 卿,您,对臣子的客气称呼。何言,即"言何",疑问代词作宾语前置。

⑥⑩乡党:古时以一万二千五百家为乡,五百家为党。这里就是"乡里"的意思。

⑥①下曹:最低等的曹。曹,古代官署中分科办事的单位名。

⑥②周瑜:字公瑾,孙权手下的主将和谋臣。番阳:今江西省波阳县。

⑥③马超:字孟起,马腾的儿子。韩遂:字文约。那时马超、韩遂割据凉州(今甘肃省一带)。关西:函谷关以西。

⑥④禽:通"擒",捉拿,擒拿。

⑥⑤水步:指水军和步兵。

⑥⑥妻子:妻子与儿女。

⑥⑦程公:程普,是孙坚、孙策的部将,年资最老,所以尊称为"公"。

⑥⑧赞军校尉:协助规划作战的官名,相当于参谋长。

⑥⑨黄盖:字公覆,孙权部下的老将。

⑦⑩去:离。北军:指曹军。

⑦①大坏:彻底溃乱。坏,溃乱。

⑦②华容道:通往华容县的路。华容,今湖北省监利县西北。步走:徒步逃走。

⑦③太半:大半。

⑦④曹仁:曹操的堂兄弟,字子孝,当时镇守南郡。徐晃:字公明,原来是车骑将军杨奉的部下,后归曹操。

⑦⑤乐进:字文谦,原是曹操的小吏,后回本郡招募士兵千余人,从曹操征战,封为将军。

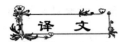

当初，鲁肃听说刘表已死，(便)对孙权说："荆州与我国邻接，地理形势险要、坚固，土地肥沃、广阔，人口繁多，生活富裕，如能占为己有，这是开创帝王之业的凭借。现在刘表刚死，他的两个儿子(刘琦、刘琮)又不协和，军队中的那些将领，有的拥戴刘琦，有的拥戴刘琮。刘备是天下骁悍的雄杰，与曹操有仇，寄居在刘表那里，刘表嫉妒他的才能而不能重用(他)。如果刘备和刘表的部下们同心协力，上下一致，就应当安慰他们，与他们结盟友好；如果他们离心离德，就另作打算，以成就(我们的)大事。请让我能够奉命去慰问正在居丧的刘表的两个儿子，同时慰劳军中掌权的人物，并劝说刘备安抚刘表的部下，同心一意，共同对付曹操，刘备必定高兴而听从我们的意见。如果这件事能够成功，天下可以平定了。现在不赶快前去，恐怕就被曹操占了先。"孙权即刻派鲁肃前往。(鲁肃)到夏口，听说曹操已向荆州进发，(于是)日夜兼程，等到到了南郡，刘琮已投降曹操，刘备向南撤退，鲁肃直接去迎他，与刘备在当阳县长坂坡相会。鲁肃传达孙权的意思，(和他)讨论天下大事的势态，表示恳切慰问的心意，并且问刘备说："刘豫州现在打算到哪里去？"刘备说："我和苍梧太守吴巨有老交情，打算去投奔他。"鲁肃说："孙讨虏为人聪明仁惠，敬重、礼待贤才，江南的英雄豪杰都归顺、依附他，已经占据了六个郡，兵精粮足，足够用来成就大业。现在为您筹划，不如派遣亲信主动去结好东吴，以共建大业。(但是您)却打算投奔吴巨，吴巨是个平庸的人，又处在偏远的郡地，很快被人吞并，难道能够依靠吗？"刘备很高兴。鲁肃又对诸葛亮说："我是子瑜的朋友。"两个人随即(也因子瑜的关系)交了朋友。子瑜就是诸葛亮的哥哥诸葛瑾，在江东避乱，是孙权的长史。刘备采纳了鲁肃的计谋，率兵进驻鄂县的樊口。

曹操将要从江陵顺江东下，诸葛亮对刘备说："事情很危急，请让我奉命去向孙将军求救。"于是与鲁肃一起去见孙权。诸葛亮在柴桑见到了孙权,劝孙权说:"天下大乱,将军您在江东起兵,刘豫州的汉南招收兵马,与曹操共同争夺天下。现在曹操削平大乱,大致已稳定局面,于是攻破荆州,威势震动天下。英雄没有施展本领的地方,所以刘豫州逃遁到这里,希望将军估量自己的实力来对付这个局势!如果能用江东的兵力同中原对抗,不如趁早同他绝裂;如果不能,为什么不放下武器、捆起铠甲,向他面北朝拜称臣呢!现在将军外表上假托服从的名义,而内心里怀着犹豫不决的心思,局势危急而不能决断,大祸没几天就要临头了!"孙权说:"假若如你所说,刘豫州为什么不向曹操投降呢?"诸葛亮说:"田横,(不过是)齐国的一个壮士罢了,还能恪守节义不受屈辱;何况刘豫州(是)汉王室的后代,英明才智超过所有的当代人,众人敬仰、倾慕他,就像水归大海一样。如果事情不成功,就是天意,怎能再居于其下呢?"孙权发怒说:"我不能拿全东吴的土地,十万将士,来受人控制,我的主意决定了!除了刘豫州就没了谁(同我一齐)抵挡曹操的了,可是刘豫州在刚打败仗之后,怎能抗得住这个大难呢?"诸葛亮说:"刘豫州的军队虽然在长坂坡打了败仗,(但是)现在归队的士兵加上关羽率领的精锐水兵还有一万人,刘琦收拢江夏的战士也不下一万人。曹操的军队远道而来已疲惫不堪,听说追逐刘豫州,轻装的骑兵一日一夜跑三百多里,这就是所谓'强弓发出的箭到了尽头,连鲁国的薄绢也穿不透'啊,所以兵法上忌讳这样做,说'一定会使主帅遭到挫败'。况且北方的水兵,不习惯在水上作战;还有,荆州的民众所以归附曹操,是被他武力的威势所逼,不是发自内心的顺服。现在将军果真能派猛将统领几万大军,与刘豫州协同规划、共同努力,攻破曹操的军队就是必然的了。曹操的军队被打败,势必退回到北方;如果是这样,荆州、吴国的势力就会强大,三国分立的形势就会出现。成败的关键,就在今天!"孙权听说非常高兴,就同部下们谋划这件事。

这时,曹操送给孙权一封信说:"近来我奉皇帝命令讨伐有罪的人,大军向南挺进,刘琮投降。现在训练了水军八十万之多,正要同将军在东吴会战。"孙权将这封信拿给部下的众人看,没有一个不像听到巨响而失去了常态。长史张昭等人说:"曹操是豺狼猛虎,挟持着皇帝来征讨天下,动不动以朝廷(的名义)为借口,现在抗拒他,事情更为不利。再说将军抗拒曹操的主要凭借是长江;现在曹操得到荆州,占有了那里的全部领地,刘表组建的水军,蒙冲和斗舰甚至用千位数计算,曹操将这些战船全部沿江摆开,同时还有步兵,水陆一齐进攻,(这样一来)长江的险要地势已经同我方共同占有了。而实力的大小、强弱又不能相提并论。我以为最好的打算是不如迎顺他。"(这时)只有鲁肃沉默不语。孙权起身去厕所,鲁肃追到屋檐下。孙权知他来意,握着他的手说:"您想说什么?"鲁肃说:"刚才我察看众人的议论,(是)专门想贻误将军,不值得与(他们)谋划大事。现在我鲁肃迎顺曹操,曹操想必会把我送还乡里,品评我的名位,还少不得(让我做一个)最低等的曹里的小差事,坐牛车、吏卒跟随,交往士大夫们,然后逐渐升官,仍然不低于州郡一类的职位。将军您迎顺曹操,会得到一个什么归宿呢?希望您早定大计,不要采纳那些人的意见!"孙权叹息说:"这些人所持的议论,非常让我失望。现在你阐明利害,正与我的想法一样。"

当时,周瑜奉命到番阳去了,鲁肃劝孙权召周瑜回来。周瑜回来,对孙权说:"曹操虽然在名义上是汉朝丞相,其实是汉朝的奸贼。将军凭着非常的武功和英雄的才具,还继有父兄的功业,占据着江东,土地方圆几千里,军队精良,物资丰裕,英雄们都原意为国效力,正应当横行天下,替汉朝除去残暴、邪恶之人;况且曹操是自来送死,怎么可以迎顺他呢?请允许(我)为将军谋划这件事。现在北方还没有平定,马超、韩遂还在函谷关以西,是曹操的后患;而曹操的军队放弃鞍马,依仗船只,与东吴争高下。现在又天气严寒,战马没有草料。驱赶着中原的士兵很远地跋涉在江南的多水地

带,不服水土,一定会生疾病。这几项都是用兵的禁忌,而曹操却都贸然实行。将军捉拿曹操,应当正在今天。我周瑜请求率领几万精兵,进驻夏口,保证替将军打败他!"孙权说:"老贼想废除汉朝自立为帝(已经)很久了,只是顾忌袁绍、袁术、吕布、刘表与我罢了;现在那几个雄杰已被消灭,只有我还存在。我和老贼势不两立,你说应当迎战,很合我的心意,这是苍天把你交给我啊。"于是拔刀砍断面前放奏章的桌子,说:"各位文武官员,敢有再说应当迎顺曹操的,就和这奏案一样!"于是散会。

这天夜里,周瑜又去见孙权说:"众人只见曹操信上说水军、步兵八十万而个个害怕,不再考虑它的真假,便发出投降的议论,是很没道理的。现在按实际情况查核,他所率领的中原军队不过十五六万,而且早已疲惫;所得到的刘表的军队,最多七八万罢了,而且都三心二意。用疲惫染病的士兵控制三心二意的军队,人数虽多,也很不值得畏惧。我只要有精兵五万,已经足够制服它,希望将军不要忧虑!"孙权拍着周瑜的背说:"公瑾,您说到这里,很合我的心意。子布、元表等人只顾妻子儿女,夹杂着个人的打算,很让我失望;只有您和子敬与我一致,这是苍天让你二人辅助我啊!五万兵难在仓猝之集合起来,已选好三万人,船只、粮草、战斗用具都已办齐。你与子敬、程公就先行出发,我会继续派出军队,多多装载物资、粮食做您的后援。您能对付曹操就同他决战,倘若万一战事不利,就撤回到我这里,我当和孟德决一死战。"于是任命周瑜、程普为正、副统帅,率兵与刘备同力迎战曹操;任命鲁肃为赞军校尉,协助计划作战的策略。

……

(孙、刘联军)进军,与曹操(的军队)在赤壁相遇。

这时曹操军中的士兵们已经有流行病,刚一交战,曹操的军队(就)失利,(曹操)率军退到江北驻扎。周瑜的军队驻扎在南岸,周瑜部下的将领黄盖说:"现在敌多我少,很难同(他们)持久对峙。曹操的军队正好把战船连接起来,首尾相接,可用火烧来打退他们。"于是调拨十只大小战船,装满干苇和枯柴,在里面灌上油,外面用帷帐包裹,上面树起旗帜,预备好轻快小船,系在战船的尾部。先送信给曹操,假称要投降。这时东南风来势很急,黄盖把十只战船排在最前头,(到)江中挂起船帆,其余船只都依次前进。曹操军中的将领、士兵都走出营房站在那里观看,指着说黄盖前来投降。离曹操军队二里多远时,(各船)同时点起火来,火势很旺,风势很猛,船只往来像箭一样,把曹操的战船全部烧着,并蔓延到岸上军营。霎时间,烟火满天,人马烧死的、淹死的很多。周瑜等率领着轻装的精兵跟在他们后面,擂鼓震天,曹操的军队彻底溃散了。曹操带领军队从华容道步行逃跑,遇上泥泞的道路,道路不能通行,天又(刮起)大风,就命疲弱的士兵都去背草填路,骑兵才得以通过。疲弱的士兵被骑兵践踏,陷在泥中,死的很多。刘备、周瑜水陆一齐前进,追击曹操到了南郡。这时,曹操的军队饥饿、瘟疫交加,死了将近大半。曹操于是留下征南将军曹仁、横野将军徐晃把守江陵,折冲将军乐进把守襄阳,(自己)率领(其余)的军队退回北方。

93

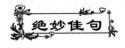

英雄无用武之地,故豫州遁逃至此,愿将军量力而处之!

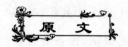

江陵之战

羽急攻樊城①，城得水，往往崩坏，众皆惧。或谓曹仁曰："今日之危，非力所支，可及羽围未合，乘轻船夜走。"汝南太守满宠曰："山水速疾，冀其不久。闻羽遣别将已在郏下②，自许以南，百姓扰扰，羽所以不敢遂进者，恐吾军掎③其后耳。今若遁④去，洪河⑤以南，非复国家有也，君宜待之。"仁曰："善!"乃沈白马与军人盟誓，同心固守。城中人马才数千人，城不没者数板⑥。羽乘船临城，立围数重，外内断绝。羽又遣别将围将军吕常于襄阳。荆州刺史胡、南乡⑦太守傅方皆降于羽。

......

陆浑⑧民孙狼等作乱，杀县主簿，南附关羽。羽授狼印，给兵，还为寇贼，自许以南，往往遥应羽，羽威震华夏。魏王操议徙许都以避其锐，丞相军司马司马懿、西曹属蒋济言于操曰："于禁等为水所没，非战攻之失，于国家大计未足有损。刘备、孙权，外亲内疏，关羽得志，权必不愿也。可遣人劝权蹑⑨其后，许割江南以封权，则樊围自解。"操从之。

初，鲁肃尝劝孙权以曹操尚存，宜且抚辑关羽，与之同仇，不可失也。及吕蒙代肃屯陆口，以为羽素骁雄，有兼并之心，且居国上流，其势难久，密言于权曰："今令征虏守南郡，潘璋住白帝，蒋钦将游兵万人循江上下，应敌所在，蒙为国家前据襄阳，如此，何忧于操，何赖于羽！且羽君臣矜其诈力，所在反覆，不可以腹心待也。今羽所以未便东向者，以至尊圣明，蒙等尚存也。今不于强壮时图之，一旦僵仆⑩，欲复陈力，其可得邪！"权曰："今欲先取徐州，然后取羽，何如？"对曰："今操远在河北，抚集幽、冀，未暇东顾，余土守兵，闻不足言，往自可克。然地势陆通，骁骑所骋，至尊今日取徐州，操后旬必来争，虽以七八万人守之，犹当怀忧。不如取羽，全据长江，形势益张，易为守也。"权善之。

权尝为其子求昏⑪于羽，羽骂其使，不许昏；权由是怒。及羽攻樊，吕蒙上疏曰："羽讨樊而多留备兵，心恐蒙图其后故也。蒙常有病，乞分士众还建业，以治疾为名，羽闻之，必撤备兵，尽赴襄阳。大军浮江昼夜驰上，袭其空虚，则南郡可下而羽可禽⑫也。"遂称病笃。权乃露檄召蒙还，阴与图计。蒙下至芜湖，定威校尉陆逊谓蒙曰："关羽接境，如何远下，后不当可忧也？"蒙曰："诚如来言，然我病笃。"逊曰："羽矜其骁气，陵轹⑬于人，始有大功，意骄志逸，但务北进，未嫌于我；有相闻病，必益于备，今出其不意，自可禽制。下见至尊，宜好为计。"蒙曰："羽素勇猛，既难为敌，且已据荆州，恩信大行，兼始有功，胆势益盛，未易图也。"蒙至都，权问："谁可代卿者？"蒙对曰："陆逊意思深长，才堪负重，观其规虑，终可大任；而未有远名，非羽所忌，无复是过也。若用之，当令外自韬隐，内察形便，然后可克。"权乃召逊，拜偏将军、右部督，以代蒙。逊至陆口，为书与羽，称其功美，深自谦抑，为尽忠自托之意。羽意大安，无复所嫌，稍撤兵以赴樊。逊具启形状，陈其可禽

群雄争锋

之要。

　　羽得于禁等人马数万，粮食乏绝，擅取权湘关米；权闻之，遂发兵袭羽。权欲令征虏将军孙皎与吕蒙为左右部大督，蒙曰："若至尊以征虏能，宜用之；以蒙能，宜用蒙。昔周瑜、程普为左右部督，督兵攻江陵，虽事决于瑜，普自恃久将，且惧是督，遂共不睦，几败国事，此目前之戒也。"权寤[14]，谢蒙曰："以卿为大督，命皎为后继可也。"

　　魏王操之出汉中也，使平寇将军徐晃屯宛以助曹仁；及于禁陷没，晃前至阳陵陂。关羽遣兵屯偃城[15]，晃既到，诡道作都堑，示欲截其后，羽兵烧屯走。晃得偃城，连营稍前。操使赵俨以议郎参曹仁军事，与徐晃前，余救兵未到；晃所督不足解围，而诸将呼责晃，促救仁。俨谓诸将曰："今贼围素固，水潦[16]犹盛，我徒卒单少，而仁隔绝，不得同力，此举适所以敝内外耳。当今不若前军逼围，遣谍通仁，使知外救，以励将士。计北军不过十日，尚足坚守，然后表里俱发，破贼必矣。如有缓救之戮，余为诸君当之。"诸将皆喜。晃营距羽围三丈所，作地道及箭飞书与仁，消息数通。

文学常识丛书

96

　　孙权为笺与魏王操，请以讨羽自效，及乞不漏，令羽有备。操问群臣，群臣咸言宜密之。董昭曰："军事尚权，期于合宜。宜应权以密，而内露之。羽闻权上，若还自护，围则速解，便获其利。可使两贼相对衔持，坐待其敝。秘而不露，使权得志，非计之上。又，围中将吏不知有救，计粮怖惧，傥有他意，为难不小。露之为便。且羽为人强梁，自恃二城[17]守固，必不速退。"操曰："善！"即敕徐晃以权书射著围里及羽屯中，围里闻之，志气百倍；羽果犹豫不能去。

魏王操自雒阳南救曹仁，群下皆谓："王不亟行，今败矣。"侍中桓阶独曰："大王以仁等为足以料事势不也？"曰："能。""大王恐二人⑱遗力邪？"曰："不然。""然则何为自往？"曰："吾恐虏众多，而徐晃等势不便耳。"阶曰："今仁等处重围之中，而守死无贰者，诚以大王远为之势也。夫居万死之地，必有死争之心。内怀死争，外有强救，大王按六军以示余力，何忧于败而欲自往？"操善其言，乃驻军摩陂⑲，前后遣殷署、朱盖等凡十二营诣晃。

关羽围头有屯，又别屯四冢，晃乃扬声当攻围头屯面密攻四冢。羽见四冢欲坏，自将步骑五千出战；晃击之，退走。羽围堑鹿角十重，晃追羽，与俱入围中，破之，傅方、胡修皆死，羽遂撤围退，然舟船犹据沔水⑳，襄阳隔绝不通。

吕蒙至寻阳㉑，尽伏其精兵䑽艓㉒中，使白衣摇橹，作商贾人服，昼夜兼行，羽所置江边屯候，尽收缚之，是故羽不闻知。麋芳、傅士仁素皆嫌羽轻己，羽之出军，芳、仁供给军资不悉相及，羽言："还，当治之。"芳、仁咸惧。于是蒙令故骑都尉虞翻为书说仁，为陈成败，仁得书即降。翻谓蒙曰："此谲兵也，当将仁行，留兵备城。"遂将仁至南郡。麋芳城守，蒙以仁示之，芳遂开门出降。蒙入江陵，释于禁之囚，得关羽及将士家属，皆抚慰之，约令军中："不得干历㉓人家，有所求取。"蒙麾下士，与蒙同郡人，取民家一笠以覆官铠；官铠虽公，蒙犹以为犯军令，不可以乡里故而废法，遂垂涕斩之。于是军中震栗，道不拾遗。蒙旦暮使亲近存恤耆老㉔，问所不足，疾病者给医药，饥寒者赐衣粮。羽府藏财宝，皆封闭以待权至。

关羽闻南郡破，即走南还。曹仁会诸将议，咸曰："今因羽危惧，可追禽也。"赵俨曰："权邀羽连兵之难，欲掩制其后，顾羽还救，恐我乘其两疲，故顺辞求效，乘衅因变以利钝耳。今羽已孤迸，更宜存之以为权害。若深入追北，权则改虞于彼，将生患于我矣，王必以此为深虑。"仁乃解严。魏王操闻羽走，恐诸将追之，果疾敕仁如俨所策。

关羽数使人与吕蒙相闻，蒙辄厚遇其使，周游城中，家家致问，或手书示信。羽人还，私相参讯，咸知家门无恙，见待过于平时，故羽吏士无斗心。

会㉟权至江陵，荆州将吏悉皆归附；独治中从事武陵潘浚称疾不见。权遣人以床就家舆致之，浚伏面著床席不起，涕泣交横，哀哽不能自胜。权呼其字与语，慰谕恳恻，使亲近以手巾拭其面。浚起，下地拜谢，即以为治中，荆州军事，一以谘㊱之。武陵部从事樊伷诱导诸夷，图以武陵附汉中王备。外白差督督万人往讨之，权不听；特召问浚，浚答："以五千兵往，足以擒伷。"权曰："卿何以轻之？"浚曰："伷是南阳旧姓㊲，颇能弄唇吻，而实无才略。臣所以知之者，伷昔尝为州人设馔，比至日中，食不可得，而十余自起，此亦侏儒观一节之验也。"权大笑，即遣浚将五千人往，果斩平之。权以吕蒙为南太守，封孱陵侯，赐钱一亿，黄金五百斤；以陆逊领宜都太守。

十一月，汉中王备所置宜都太守樊友委郡走，诸城长吏及蛮夷君长皆降于逊。逊请金、银、铜印以假授初附，击蜀将詹晏等及秭归大姓拥兵者,皆破降之,前后斩获、招纳凡数万计。权以逊为右护军、镇西将军,进封娄侯,屯夷陵㉓,守峡口㉔。

关羽自知孤穷㉚,乃西保麦城㉛。孙权使诱之,羽伪降,立幡旗为象人于城上,因遁走,兵皆解散,才十余骑。权先使朱然、潘璋断其径路。十二月,璋司马马忠获羽及其子平于章乡㉜,斩之,遂定荆州。

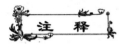

注 释

①樊城:今湖北襄樊。

②郏(jiá)下:县名,在今河南郏县。

③掎(jǐ):从后面牵制。

④遁(dùn):逃,逃走。

⑤洪河:黄河。洪,大。

⑥板:筑城墙所用的夹墙板。这里指墙的高度,一般认为高二尺、长八尺为板。

⑦南乡:在今河南淅川。

⑧陆浑:县名,在今河南嵩县北。

⑨蹑(niè):追随,追踪。

⑩僵仆:指死。

⑪昏:同"婚"。

⑫禽:通"擒",擒拿,捉住。

⑬陵轹(lì):凌轹,侵犯、欺压之意。

⑭寤(wù):通"悟",醒悟、觉悟。

⑮偃城:在今湖北襄樊北。

⑯水潦(lǎo):积水,流水。

⑰二城:指江陵、公安。

⑱二人:即曹仁、吕常。

⑲摩陂:水名,在今河南郏县东南。

⑳沔(miǎn)水:水名,汉水的上游。

㉑寻阳:在今湖北黄梅。

㉒艜艕(gōu lù):船名。

㉓干历:干扰,冒犯。

㉔耆(qí)老:六十岁以上的(人),此泛指老人。

㉕会:刚好,适逢。

㉖谘(zī):同"咨",征询,询问。

㉗旧姓:南阳的樊姓,与光武帝的母亲同宗,故称旧姓。

㉘夷陵:在今湖北宜昌。

㉙峡口:即西陵峡。

㉚孤穷:孤立困穷,即孤立无援,穷途末路。

㉛麦城:在今湖北当阳东。

㉜章乡:在今湖北当阳东北。

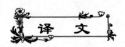

译文

　　关羽向樊城发起猛攻,城中进水,处处崩塌,众人都惊恐不安。有人对曹仁说:"现在的危难,不是我们的力量所能应付的,应该趁关羽的包围尚未完成,乘轻便船只连夜退走。"汝南太守满宠说:"山洪来得快,去得也快,希望不会滞留很久。据说关羽已经派别的部队至郏下,许都以南百姓混乱不安。关羽之所以不敢再向前推进,是顾虑我们攻击他的后路。现在如果我军退走，黄河以南地区，就不再为国家所有了，您应该在这里坚守以待。"曹仁说："你说得对！"于是将白马沉入河中，与军人盟誓，齐心合力，坚守樊城。城中军队只有数千人，未被水淹没的城墙也仅有几尺高。关羽乘船至城下，立即将樊城重重包围，使其内外断绝。关羽又派别的将领把将军吕常包围在襄阳。荆州刺史胡、南乡太守傅方都投降了关羽。

......

陆浑百姓孙狼等造反作乱，杀死了县主簿，向南归附关羽。关羽授给孙狼官印，给他军队，让他回去做寇贼。在许都以南，处处有人与关羽遥相呼应，关羽的威名震动了整个中原。魏王曹操与群臣商议，准备离开许都，以躲避关羽的威风、锐气。丞相军司马司马懿、西曹属蒋济对曹操说："于禁等人战败，是因为大水淹没，并非因为攻战失利，对国家大计没有构成大损害。刘备和孙权，从外表看关系密切，实际上很疏远，关羽得志，孙权必然不愿意。可派人劝孙权威胁关羽的后方，答应孙权把江南封给他，这样樊城之围自然就解除了。"曹操听从了他们的建议。

当初，鲁肃曾经劝说孙权，由于曹操势力仍然存在，应该暂且安抚结交关羽，和他共同对敌，不能失去和睦。及至吕蒙代替鲁肃驻军陆口，认为关羽一贯勇猛雄武，怀有兼并江南的野心，况且他的军队驻扎在孙权势力的上游，这种形势难以持久，便秘密告诉孙权说："如果现在命令征虏将军孙皎守南郡，潘璋驻守白帝，蒋钦率领流动部队一万人沿长江上下活动，哪里出现敌人，就在哪里投入战斗，而我在我方的上游据守襄阳，这样，何必担忧曹操，何必依赖关羽！况且关羽君臣自负他们的诡诈力量，反复无常，不可以真心相待。现在关羽所以未立即向东进攻我们，是因为您圣贤英明，以及我和其他将领们还存在。如今，不在我们强壮时解除这一后患，一旦我们死去，再欲与他较量，还有可能吗？"孙权说："现在，我准备先攻取徐州，然后再进攻关羽，怎么样？"吕蒙回答说："如今曹操远在黄河以北，安抚幽州、冀州，来不及考虑东部的事情，其余地区的守军，听说不值得一提，前去进攻，就可以打败。然而陆地交通方便，适合骁勇的骑兵驰骋，您今天夺取了徐州，曹操十天之后就一定会来争夺，尽管用七八万人防守，仍会令人担忧。不如击败关羽，将长江上下游全部占据，我们的势力更加壮大，也就容易守卫了。"孙权很赞同吕蒙的建议。

孙权曾经为自己的儿子向关羽的女儿求婚，关羽骂了孙权的使者，拒绝通婚，孙权因此很恼怒。及至关羽进攻樊城，吕蒙向孙权上书说："关羽征讨樊城，却留下很多军队防守，一定是害怕我从后面进攻他。我经常患病，请求您允许我以治病为名，率一部分士兵回建业，关羽知道后，必定撤走防守的军队，全部调往襄阳。我大军昼夜乘船溯长江而上，趁他的防守空虚，进行袭击，南郡就可攻取，关羽也会被我擒获。"于是，吕蒙自称病重。孙权则公开发布命令召吕蒙返回，暗中与他进行策划。吕蒙顺江而下至芜湖时，定威校尉陆逊对吕蒙说："关羽和您的防区相邻，为什么远远离开，以后不会为此而担忧吗？"吕蒙说："的确如您所说，可是我病得很重。"陆逊说："关羽自负骁勇，欺压他人，刚刚取得大功，骄傲自大，一心致力向北进攻，对我军未加怀疑，不听说您病重，必然更无防备，如果出其不意，就可以将他擒服。您见到主公，应该妥善筹划此事。"吕蒙说："关羽素来勇猛善战，我们很难与他为敌，况且他已占据荆州，大施恩德和信义，再加上刚刚取得很大成功，胆略和气势更加旺盛，不易对付。"吕蒙回到建业，孙权询问："谁可以代替你？"吕蒙回答说："陆逊思虑深远，有能力担负重任，看他的气度，终究可以大用；而且他没有大名声，不是关羽所顾忌的人，没有人比他更合适了。如果行用他，应该要他在外隐藏锋芒，内里观察形势，寻找可乘之机，然后向敌人进攻，可以取得胜利。"孙权于是召来陆逊，任命他为偏将军、右部督，以接替吕蒙。陆逊至陆口，写信给关羽，称颂关羽的功德，深深地自我谦恭，表示愿意尽忠和托付自己的前程。关羽因此感到很安

定,不再有疑心,便逐渐撤出防守的军队赶赴樊城。陆逊把全部情况向孙权作了汇报,陈述可以擒服关羽的战略要点。

关羽得到于禁等人的军队数万人,粮食不足,军队断粮,便擅自取用孙权湘关的粮米;孙权闻知此事,便派兵袭击关羽。孙权准备任命征虏将军孙皎和吕蒙为左、右两路军队的最高统帅,吕蒙说:"如果您认为征虏将军有才能,就应任用他为统帅;若认为我有才能,就应任用我。以前,周瑜和程普为左、右部督,率兵攻打江陵,虽然事情由周瑜作决定,然而程普仗恃自己是老将,而且二人都是统帅,于是双方不合睦,几乎败坏国家大事,这正是现在要引以为戒的。"孙权醒悟,向吕蒙道谢说:"以你为统帅,可以任命孙皎做你的后援。"

魏王曹操出兵汉中时,派平寇将军徐晃驻屯宛城援助曹仁;及至于禁兵败,徐晃向前推进到阳陵陂。关羽派兵驻扎偃城,徐晃军队到达后,通过隐秘的小径围绕偃城,掘一道长壕,表示要截断关羽守军的后路,关羽守军便烧毁营盘退走了。徐晃占据偃城后,连结军营逐渐向前推进。曹操派赵俨以议郎的身份参与曹仁的军事部署,和徐晃所部一同前进,而其余的救兵尚未赶到。徐晃率领的军队没有足够的力量解樊城之围,而将领们却呼叫着责备徐晃,催促他去救曹仁。赵俨对将领们说:"如今贼兵已经将樊城紧紧包围,水势仍然很大,我们兵力单薄,又与曹仁隔绝,不能同心合力,这一举动恰会使城里城外都受到伤害。如今不如向前靠近关羽的包围圈,派遣间谍通知曹仁,使他知道外援已到,以激励守城将士。算来曹仁部被围未超过十天,还可以坚守,然后里外一齐发动,一定可以打败关羽。假如有迟缓不发救兵之罪,一人替诸位承当。"将领们都很高兴。徐晃在距关羽的包围圈三丈之外的地方,扎下营盘,挖地道和射箭书通知曹仁,多次沟通消息。

孙权写信给魏王曹操,请求允许他讨伐关羽,为朝廷效力,并请求不要

103

把消息泄漏出去,使关羽有所防范。曹操问群臣,群臣都说应当保密。董昭却说:"军事行动,注重权变,要求合乎时宜。我们应当答应孙权为他保密,但暗中将消息泄露出去。关羽知道孙权来信的内容以后,若要回兵保护自己,樊城的包围就迅速解除,我们便可获利。同时,还使孙权、关羽像两匹被勒住马衔的斗马一样,相互敌对而动弹不得,我们可以坐着等待他们精疲力尽。如果保守秘密不泄露,使孙权如意,这不是上策。再者,被围的将士不知道有救兵,计算城中粮食不足以持久,心中会惶恐不安。倘若再有其他的想法,危害不会小,还是泄露出去为好。况且关羽为人强悍,自恃江陵、公安两城防守坚固,一定不会很快退兵。"曹操说:"很对!"立即下令徐晃将孙权的书信用箭射入围城之内和关羽军营中。被围的将士得到书信后,士气增长百倍,关羽果然犹豫不决,不愿撤兵离去。

　　魏王曹操从洛阳南下解救曹仁,属下臣僚都说:"大王如不迅速行动,如今就要败了。"唯有侍中桓阶说:"大王认为曹仁等人能否估计目前的形势?"曹操说:"能够。"桓阶又问:"大王恐怕曹仁、吕常不尽力吗?"答道:"不是。""那么为什么您要亲自去呢?"回答说:"我担心敌人太多,而徐晃等人力量不足。"桓阶说:"如今曹仁等人身处重围之中,仍然死守,没有二心,实在是因为他们认为大王您在远处作外援的缘故。处于万死的危险之地,必定有拼死抗争之心。城内将士有拼死抗争之心,城外有强大的救援,大王您控制六军,显示我们还有多余的军力,何必担心失败而亲自出征?"曹操很同意桓阶的话,于是驻扎在摩陂,先后派遣殷署、朱盖等共十二营军队到徐晃那里增援。

　　关羽在围头派有军队驻守,在四冢还有驻军。徐晃于是扬言将进攻围头,却秘密攻打四冢。关羽见四冢危急,便亲自率领步、骑兵五千人出战;徐晃迎击,关羽退走。关羽在堑壕前围有十重鹿角,徐晃追击关羽,二人都进入关羽对樊城的包围圈,包围圈被打破,傅方、胡修都被杀死,关羽于是撤围退走,然而关羽的船只仍据守沔水,去襄阳的路隔绝不通。

吕蒙到达寻阳,把精锐士卒都埋伏在名为艜艪的船中,让百姓摇橹,穿商人的衣服,昼夜兼程,将关羽设置在江边守望的官兵全都捉了起来,所以关羽对吕蒙的行动一无所知。麋芳、傅士仁一直都不满意关羽轻视自己,关羽率兵在外,麋芳、傅士仁供应军用物资不能全部送到,关羽说:"回去后,当会治罪。"麋芳、傅士仁都感到恐惧。于是吕蒙命令原骑都尉虞翻写信游说傅士仁,为其指明得失,傅士仁得到虞翻信后,便投降了。虞翻对吕蒙说:"这种隐秘的军事行动,应该带着傅士仁同行,留下军队守城。"于是带着傅士仁至南郡。麋芳守城,吕蒙要傅士仁出来与他相见,麋芳于是开城出来投降了。吕蒙到达江陵,把被囚的于禁释放,俘虏了关羽其将士们的家属,对他们都给以抚慰,对军中下令:"不得骚扰百姓和向百姓索取财物。"吕蒙帐下有一亲兵,与吕蒙是同郡人,从百姓家中拿了一个斗笠遮盖官府的铠甲;铠甲虽然是公物,虽蒙仍认为他违犯了军令,不能因为是同乡的缘故而破坏军法,便流着眼泪将这个亲兵处斩了。于是全军震恐战惊,南郡因此道不拾遗。吕蒙还在早晨和晚间派亲信去慰问和抚恤老人,询问他们生活有什么困难,给病人送去医药,对饥寒的人赐予衣服和粮食。关羽库存的财物、珍宝,全部被封闭起来,等候孙权前来处理。

关羽得知南郡失守后,立即向南回撤。曹仁召集将领们商议,众人都说:"如今趁关羽身困境,内心恐惧,可派兵追击,将他擒获。"赵俨说:"孙权侥幸乘关羽和我军鏖战之机,试图进在羽后路,又顾忌关羽率军回救,怕我军趁其双方疲劳时,从中取利,所以才言辞和顺地请求为我效力,不过是乘时机的变化观望胜败罢了。如今关羽已势力孤单,正仓促奔走,我们更应让他继续存在,去危害孙权。如果对战败的关羽穷追不舍,孙权就将由防备关羽改为给我们制造祸患了,魏王必将对此深为忧虑。"于是,曹仁下令不要再穷追关羽。魏王曹操知道关羽退走,唯恐将领们追击他,果然迅速给曹仁下达命令,正如赵俨的判断。

关羽多次派使者与吕蒙联系,吕蒙每次都厚待关羽的使者,允许在城中各种游览,向关羽部下亲属各家表示慰问,有人亲手写信托他带走,作为平安的证明。使者返回,关羽部属私下向他询问家中情况,尽知家中平安,所受待遇超过以前,因此关羽的将士都无心再战了。

正在此时,孙权到达江陵,荆州的文武官员都归附了;只有治中从事武陵人潘浚称病不见。孙权派人带床到他家,将他抬来,潘浚脸朝下伏在床席上不起,涕泪纵横,哽咽不能自止。孙权称呼他的表字和他讲话,诚恳地慰问劝导,让左右亲近的人用手巾为他擦脸。潘浚起身,下地拜谢,孙权当即任命他为治中,有关荆州的军事,全都听取他的意见。武陵部队事樊伷引诱少数部族,欲图使武陵依附汉中王刘备。有人上书请求派遣统帅率领一万人去征讨樊伷,孙权不同意,特别召见潘浚询问。潘浚回答:“派兵五千人,就足可以擒获樊伷。”孙权说:“你为什么如此轻敌?”潘浚回答说:“樊伷是南阳的世家,颇会摇唇鼓舌,实际上没有才智、胆略。我之所以了解他,是因为过去樊伷曾为州中的人设宴,直至中午,客人仍无饭菜可吃,十余人自己起身离去,这也就如同观察侏儒演戏,看一节就可知道他有多少伎俩了。”孙权大笑,立即派潘浚率兵五千人前去征讨,果然将樊伷等人斩首,平定了叛乱。孙权任命吕蒙为南郡太守,封为孱陵侯,赏赐一亿钱,黄金五百斤;任命陆逊兼任宜都太守。

十一月,汉中王刘备设置的宜都太守樊友放弃宜都郡而走,各城的长官以及各少数部族的酋长都归降了陆逊。陆逊请求以金、银、铜制的官印授予刚刚归附的官史,并进攻刘备的将领詹晏等人和世居秭归、拥兵自重的大姓,将其全部击溃,使他们归降,前后斩首、俘获以及招降数以万计。孙权任命陆为右护军、镇西将军,进封为娄侯,率兵驻扎夷陵,守卫峡口。

关羽自知孤立困穷,便向西退守麦城。孙权派人诱降,关羽伪装投降,

文学常识丛书

把幡旗做成人像立在城墙上,然后逃遁,士兵都跑散了,跟随他的只有十余名骑兵。孙权已事先命令朱然、潘璋切断了关羽的去路。十二月,潘璋手下的司马马忠在章乡擒获关羽及其儿子关平,予以斩首,于是,孙权占据荆州。

军事尚权,期于合宜。

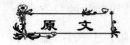

夷陵之战

秋,七月,汉主①自率诸军击孙权,权②遣使求和于汉。南郡太守诸葛瑾③遗汉主笺曰:"陛下以关羽之亲,何如先帝? 荆州大小,孰与海内? 俱应仇疾,谁当先后? 若审此数,易于反掌矣。"汉主不听。时或言瑾别遣亲人与汉主相闻者,权曰:"孤④与子瑜,有死生不易之誓,子瑜之不负孤,犹孤之不负子瑜也。"然谤言流闻于外,陆逊表明瑾必无此,宜有以散其意。权报曰:"子瑜与孤从事积年,恩如骨肉,深相明究。其为人,非道不行,非义不言。玄德昔遣孔明⑤至吴,孤尝语子瑜曰:'与孔明同产⑥,且弟随兄,于义为顺,何以不留孔明? 孔明若留从卿者,孤当以书解玄德,意自随人耳。'子瑜答孤言:'弟亮已失身于人。委质定分,义无二心。弟之不留,犹瑾之不往也。'其言足贯神明,今岂当有此乎! 前得妄语文疏,即封示子瑜,并手笔与之。孤与子瑜,可谓神交,非外言所间。知卿意至,辄封来表以示子瑜,使知卿意。"

汉主遣将军吴班、冯习攻破权将李异、刘阿等于巫⑦,进兵秭归,兵四万余人。武陵蛮夷皆遣使往请兵。权以镇西将军陆逊为大都督、假节,督将军朱然、潘璋、宋谦、韩当、徐盛、鲜于丹、孙桓等五万人拒之。

......

汉主自秭归⑧将进击吴,治中从事黄权谏曰:"吴人悍战,而水军沿流,进易退难。臣请为先驱以当寇,陛下宜为后镇。"汉主不从,以权为镇北将军,使督江北诸军;自率诸将,自江南缘山截岭⑨,军于夷道猇亭⑩。吴将皆欲迎击之。陆逊曰:"备举军东下,锐气始盛;且乘高守险,难可卒攻。攻之纵下,犹难尽克,若有不利,损我大势,非小故也。今但且奖厉将士,广施方略,以观其变。若此间是平原旷野,当恐有颠沛交逐之忧;今缘山行军,势不得展,自当罢于木石之间,徐制其敝耳。"诸将不解,以为逊畏之,各怀愤恨。

......

汉人自巫峡建平连营至夷陵界,立数十屯,以冯习为大督,张南为前部督,自正月与吴相拒,至六月不决。汉主遣吴班将数千人于平地立营,吴将帅皆欲击之。陆逊曰:"此必有谲⑪,且观之。"汉主知其计不行,乃引伏兵八千从谷中出,逊曰:"所以不听诸君击班者,揣之必有巧故也。"逊上疏于吴王曰:"夷陵要害,国之关限,虽为易得,亦复易失。失之,非徒损一郡之地,荆州可忧,今日争之,当令必谐。备干天常,不守窟穴而敢自送,臣虽不材,凭奉威灵,以顺讨逆,破坏在近,无可忧者。臣初嫌之水陆俱进,今反舍船就步,处处结营,察其布置,必无他变。伏愿至尊高枕,不以为念也。"

闰月,逊将进攻汉军,诸将并曰:"攻备当在初,今乃令入五六百里,相守经七八月,其诸要害皆已固守,击之必无利矣。"逊曰:"备是猾虏,更尝事多,其军始集,思虑精专,未可干也。今住已久，不得我便，兵疲意沮，计不复生。掎角⑫此寇，正在今日。"乃先攻一营，不利，诸将皆曰："空杀兵耳！"逊曰："吾已晓破之之术。"乃敕各持一把茅，以火攻，拔之；一尔势成，通率诸军，同时俱攻，斩张南、冯习及胡王沙摩柯等首，破其四十余营。汉将杜路、刘宁等穷逼请降。

汉主升马鞍山⑬，陈兵自绕，逊督促诸军，四面蹙之，土崩瓦解，死者万数，汉主夜遁，驿人自担烧铙⑭铠断后，仅得入白帝城⑮。

①汉主：即刘备。

②权：即吴主孙权。

③诸葛瑾：孙权主要谋士之一。字子瑜，琅玡阳都（今山东沂南）人，诸葛亮之兄。

④孤：古代王侯的自称。

⑤玄德：刘备字玄德。孔明：诸葛亮字孔明。

⑥同产：同母所生。

⑦巫：县名，在今四川省东端、长江沿岸，邻接湖北省，大宁河流经境内。

⑧秭(zǐ)归：在今湖北宜昌市北。

⑨领：通"岭"。

⑩猇(xiāo)亭：在今湖北宜都北。

⑪谲(jué)：欺诈，诡诈。

⑫掎(jǐ)角：分兵牵制或夹击敌人。

⑬升：登上。马鞍山：在今湖北省宜昌西北。

⑭铙（náo）：古代行军时用来指挥军队的乐器。如铃般大，无舌，有柄，敲击而鸣。

⑮白帝城：城名，在今四川奉节东。

秋季，七月，汉王亲自率领各路军队进攻孙权，孙权派使臣向蜀汉求和。孙权的南郡太守诸葛瑾写信给汉王说："陛下认为您和关羽的感情，是否比您和先帝的感情更亲密？荆州的大小，比全国怎么样？都是仇敌，哪个在先，哪个在后？如果把这想明白，该怎么办就易如反掌。"汉王置之不理。当时有人传言诸葛瑾派遣亲信和汉王互通消息，孙权说："我和诸葛瑾有生死不变的誓言，他不会背叛我，如同我不会背弃他一样。"然而流言仍然四处传播，陆逊上表说，诸葛瑾肯定不会做那种事，但是应该有所表示，解除他心中的顾虑。孙权回信说："诸葛瑾和我共事多年，情同骨肉，互相了解很深。他的为人是，不合道德的事不做，不合礼义的话不说。以前刘备派诸葛亮到我吴地，我曾对诸葛瑾说：'你与诸葛亮是同胞兄弟，弟弟顺从兄长，才符合礼义，为什么不把诸葛亮留下呢？诸葛亮如果留下和你在一起，我会写信给刘备解释，我想他会同意的。'诸葛瑾回答说：'我弟弟诸葛亮已经失于算计为刘备效劳，双方有了君臣的名分，按照礼义不应再有二心。弟弟不留在这里，如同我不投降刘备，是一个道理。'他的话足以上达神明，现在怎么会做出那种事？以前收到他有诽谤言论的上书，我立即封起来送给他，并亲笔写上批语。我和诸葛瑾，可以说是推心置腹之交，决非外人的流言所能离间。我已明白你的想法，立即封起你的奏表，送给诸葛瑾，让他了解你的意思。

刘备派将军吴班、冯习在巫县击溃孙权的将领李异、刘阿等人，率兵四万余人继续向秭归进军。武陵的蛮夷各部都派使者请求派兵前往。孙权派镇西将军陆逊为大都督，持符节，统领将军朱然、潘璋、宋谦、韩当、徐盛、鲜于丹、孙桓等五万人，对抗蜀汉的军队。

……

汉王刘备从秭归出兵，进攻吴国。治中从事黄权劝谏说："吴人强悍善战，而我们的水军顺长江而下，前进容易，撤退困难。请陛下派我率军为前锋，向敌人发动攻击，陛下应该在后方坐镇。"汉王没有采纳，却任命黄权为镇北将军，派他统领长江以北的各路蜀军。同时，亲率将士，沿长江南岸翻山越岭向吴进发，驻军在夷道县的猇亭。吴国将领都请求出兵迎击。陆逊说："刘备率军沿长江东下，锐气正盛，而且凭据高山，坚守险要，很难向他们发起迅猛的进攻。即使攻击成功，也不能完全将他们击败，如果攻击不利，将损伤我们的主力，绝不是小小的失误。目前，我们只有褒奖和激励将士，多方采纳和实施破敌的策略，观察形势变化。如果这一带为平原旷野，我们还要担心有互相追逐的困扰；如今他们沿着山岭部署军队，不但兵力无法展开，反而因困在树木乱石之中，自己渐渐地精疲力竭，我们要有耐心，等待他们自己败坏而加以攻击。"各位将领仍不理解，认为陆逊惧怕刘备大军，对他强烈不满。

……

蜀军自巫峡建平扎营，直至夷陵附近，设立数十座营盘，以冯习为总指挥，张南为前军指挥，从正月开始与吴军对峙，到六月仍未决战。汉王命令吴班率数千人在平地扎营，吴军将领都要求出击，陆逊说："这一定有诡诈，我们暂且观察。"汉王见计划无法实现，只好命令八千伏兵从山谷中出来。陆逊说："我之所以没有听从诸位进攻吴班的建议，是国为我估计刘备一定有计谋的缘故。"陆逊向吴王上书说："夷陵是国家险要的地方，虽然易得，也容易再失去。失去夷陵，不仅仅是损失了一个郡，就连荆州也令人担忧。今日争夺夷陵，一定要彻底取得胜利。刘备违背常情，不守护自己的巢穴，竟胆敢自己送上门来，臣下虽然不才，凭借大王的威灵，名正言顺地讨伐逆贼，大败敌军就在眼前，没有什么可忧虑的。我当初担心刘备会水陆并进，现在他却舍水路不走，从陆路进发，随处扎营，观察他的军事部署，一定不会有什么变化了。希望至尊的大王高枕而卧，不必把这件事老挂在心上。"

闰六月，陆逊要向蜀军发动进攻，部下将领都说："发动进攻，应在刘备立足未稳的时候，如今蜀军已深入我国五六百里，和我们对峙七八个月，占据了险要，加强了防守，现在进攻不会顺利。"陆逊说："刘备是个很狡猾的家伙，再加之经验丰富，蜀军刚集结时，他思虑周详，我们无法向他发动攻击。如今蜀军已驻扎很长时间，却仍找不到我军的漏洞，将士疲惫，心情沮丧，再也无计可施。现在正是我们对他前后夹击的好机会。"于是，下令先向蜀军的一个营垒发动攻击，战斗失利，将领们都说："白白损兵折将！"陆逊说："我已经有了破敌之策。"命令战士每人拿一束茅草，用火攻击，得胜；这样一来，又乘势领各路军队全面出击，斩杀张南、冯习和胡王沙摩柯等人的头，攻破蜀军营垒四十余座。蜀将杜路、刘宁走投无路，只得向吴军请求投降。

汉王登上马鞍山，环绕自己布置军队，陆逊督促各军四面围攻，紧缩包围圈，蜀军土崩瓦解，战死一万余人。汉王连夜逃走，驿站员亲自挑着兵器铠甲在险要路口焚烧，以阻挡吴军的追击，汉王才得以逃入白帝城。

孤与子瑜，可谓神交，非外言所间。

魏灭蜀之战

　　汉人闻魏兵且至,乃遣廖化将兵诣沓中①为姜维继援,张翼、董厥等诣阳安关口②为诸围外助。大赦,改元炎兴。敕诸围皆不得战,退保汉、乐二城,城中各有兵五千人。翼、厥北至阴平③,闻诸葛绪将向建威④,留住月余待之。钟会率诸军平行至汉中。九月,钟会使前将军李辅统万人围王含于乐城,护军荀恺围蒋斌于汉城。会径过西趣阳安口,遣人祭诸葛亮墓。

　　初,汉武兴督蒋舒在事无称,汉朝令人代之,使助将军傅佥守关口,舒由是恨。钟会使护军胡烈为前锋,攻关口。舒诡谓佥曰:"今贼至不击而闭城自守,非良图也。"佥曰:"受命保城,惟全为功;今违命出战,若丧师负国,死无益矣。"舒曰:"子以保城获全为功,我以出战克敌为功,请各行其志。"遂率其众出;佥谓其战也,不设备。舒率其众迎降胡烈,烈乘虚袭城,佥格斗而死。佥,肜之子也。钟会闻关口已下,长驱而前,大得库藏积谷。

　　邓艾遣天水太守王颀直攻姜维营,陇西太守牵弘邀⑤其前,金城太守杨欣趣甘松⑥。维闻钟会诸军已入汉中,引兵还,欣等追蹑于强川口⑦,大战,维败走。闻诸葛绪已塞道屯桥头⑧,乃从孔函谷⑨入北道,欲出绪后;绪闻之,却还三十里。维入北道三十余里,闻绪军却,寻还,从桥头过,绪趣截维,较一日不及。维遂还至阴平,合集士众,欲赴关城⑩;闻其已破,退趣白水⑪,遇廖化、张翼、董厥等,合兵守剑阁以拒会。

……

邓艾进至阴平,简选精锐,欲与诸葛绪自江油⑫趣成都。绪以本受节度邀姜维,西行非本诏,遂引军向白水,与钟会合。会欲专军势,密白绪畏懦不进,槛车⑬征还,军悉属会。

姜维列营守险,会攻之不能克,粮道险远,军食乏,欲引还。邓艾上言:"贼已摧折,宜遂乘之,若从阴平由邪径经汉德阳亭趣涪⑭,出剑阁西百里,去成都三百余里,奇兵冲其腹心,出其不意,剑阁之守必还赴涪,则会方轨⑮而进,剑阁之军不还,则应涪之兵寡矣。"遂自阴平行无人之地七百余里,凿山通道,造作桥阁。山谷高深,至为艰险,又粮运将匮⑯,濒于危殆,艾以毡自裹,推转而下。将士皆攀木缘崖,鱼贯⑰而进。先登至江油,蜀守将马邈降。诸葛瞻督诸军拒艾,至涪,停住不进。尚书郎黄崇,权之子也,屡劝瞻宜速行据险,无令敌得入平地,瞻犹豫未纳;崇再三言之,至于流涕,瞻不能从。艾遂长驱而前,击破瞻前锋,瞻退往绵竹⑱。艾以书诱瞻曰:"若降者,必表为琅玡王。瞻怒,斩艾使,列陈以待艾。艾遣子惠唐亭侯忠出其右,司马师纂等出其左。忠、纂战不利,并引还,曰:"贼未可击!"艾怒曰:"存亡之分,在此一举,何不可之有!"叱忠、纂等,将斩之。忠、纂驰还更战,大破,斩瞻及黄崇。瞻子尚叹曰:"父子荷国重恩,不早斩黄皓,使败国殄民,用生何为!"策马冒陈而死。

汉人不意魏兵卒至,不为城守调度;闻艾已入平土,百姓扰

群雄争锋

扰，皆逆山泽，不可禁制。汉主使群臣会议，或以蜀之与吴，本为与国，宜可奔吴；或以为南中七郡⑲，阻险斗绝，易以自守，宜可奔南。光禄大夫谯周以为："自古以来，无寄他国为天子者，若入吴国，亦当臣服。且治政不殊，则大能吞小，此数之自然也。由此言之，则魏能并吴，吴不能并魏明矣。等为称臣，为小孰与为大，再辱之耻何与一辱！且若欲奔南，则当早为之计，然后可果；今大敌已近，祸败将及，群小之心，无一可保，恐发足之日，其变不测，何至南之有乎！"或曰："今艾已不远，恐不受降，如之何？"周曰："方今东吴未宾，事势不得不受，受之不得不礼。若陛下降魏，魏不裂土以封陛下者，周请身诣京都⑳，以古义争之。"众人皆从周议。汉主犹欲入南，狐疑未决。周上疏曰："南方远夷之地，平常无所供为，犹数反叛，自丞相亮以兵威逼之，穷乃率从。今若至南，外当拒敌，内供服御，费用张广，他无所取，耗损诸夷，其叛必矣！"汉主乃遣侍中张绍等奉玺绶以降于艾。北地王谌怒曰："若理穷力屈，祸败将及，便当父子君臣背城一战，同死社稷，以见先帝可也，奈何降乎！"汉主不听。是日，谌哭于昭烈之庙，先杀妻子而后自杀。

张绍等见邓艾于雒㉑，艾大喜，报书褒纳。汉主遣太仆蒋显别敕姜维使降钟会，又遣尚书郎李虎送士民簿于艾，户二十八万，口九十四万，甲士十万二千，吏四万人。艾至成都城北，汉主率太子诸王及群臣六十余人，面缚舆榇㉒诣军门。艾持节解缚焚榇，延请相见；检御将士，无得虏略，绥纳降附，使复旧业；辄依邓禹故事，承制拜汉王禅㉓行骠骑将军，太子奉车、诸王驸马都尉，汉群司各随高下拜为王官，或领艾官属；以师纂领益州刺史，陇西太守牵弘等领蜀中诸郡。艾闻黄皓奸险,收闭,将杀之,皓赂艾左右,卒以得免。

姜维等闻诸葛瞻败,未知汉主所向,乃引军东入于巴^㉔。钟会进军至涪,遣胡烈等追维。维至郪^㉕,得汉主敕命,乃令兵悉放仗,送节传于胡烈,自从东道与廖化、张翼、董厥等同诣会降。将士咸怒,拔刀斫石。于是诸郡县围守皆被汉主敕罢兵降。

注 释

①诣:往,到。沓中:在今甘肃舟曲西北。

②阳安关口:即阳平关,在今陕西宁强西北。

③阴平:在今甘肃文县西北。

④建威:城名,在今甘肃西和北。

⑤邀:拦击,阻截。

⑥趣:奔赴,奔向。甘松:即甘松岭,在今甘肃迭部东南。

⑦强川口:因强水出阴平西北之强山,故名强川。

⑧桥头:地名,在今甘肃文县东南。

⑨孔函谷:山谷名,在今甘肃舟曲东,亦即白龙江谷。

⑩关城:即今陕西宁强县西北阳平关。

⑪白水:即今四川青川县东北白水镇。

⑫江油:地名,在今四川平武东南。

⑬槛(jiàn)车:用以囚禁犯人而设有栅栏的车。

⑭汉德阳亭:西汉时的故亭,东汉时因亭置县。位于今四川剑阁西北。涪(fú):即涪县,在今四川绵阳东北。

⑮方轨:两车并行。

⑯匮(kuì):竭尽,缺乏。

⑰鱼贯:像鱼游一样先后相继。

⑱绵竹:在今四川绵竹东南。

⑲南中七郡:南中,地域名,相当于今四川南部及云南、贵州地区。七郡,指越嶲、朱提、牂柯、建宁、云南、永昌、兴古。

⑳京都:指魏国都城洛阳。

㉑雒(luò):在今四川广汉北。

㉒舆榇(chèn):古代把棺木装在车上随行,表示有罪当死或就死之意。

㉓禅:即后主刘禅。字公嗣,小字阿斗,刘备之子。

㉔巴:指巴中,在今四川绵阳东。

㉕郪(qī):县名,在今四川中江东南。

蜀汉听到魏兵将至,就派遣廖化率兵到沓中作姜维的后援,派张翼、董厥等人到阳安关口帮助各个外围据点。实行大赦,改年号为炎兴。命令各外围据点不得与敌人交战,退守汉、乐二城,城中各有兵力五千人。张翼、董厥向北到达阴平,听到诸葛绪将向建威发兵,就留住一个多月等待敌兵。钟会率诸军齐头并进,到达汉中。九月,钟会让前将军李辅统兵万人把王含包围在乐城,让护军荀恺把蒋斌包围在汉城。钟会直接从西路奔向阳安口,派人祭奠了诸葛亮墓。

当初,蜀汉的武兴督蒋舒在位庸碌无为,蜀汉朝廷让人代替了他,派助将军傅佥把守关口,蒋舒因此怀恨在心。钟会派护军胡烈为前锋,进攻关口。蒋舒诡诈地向傅佥说:"如今敌兵到了,不去进击而闭城自守,不是好的计策。"傅佥说:"你以保全此城为功劳,我以出战打败敌人为功劳,希望我们各行其志。"于是率领他的兵士出城；傅金认为他是去交战，因此没有防备。蒋舒率领他的士兵迎接投降了胡烈，胡烈乘虚袭击城池，傅金格斗拼杀而死。傅金是傅肜之子。钟会听到关口已被攻克，就长驱直入，获得大量库藏的粮食。

邓艾派遣天水太守王颀直攻姜维营垒，陇西太守牵弘在前面阻截，金城太守杨欣奔赴甘松。姜维听说钟会诸军已经进入汉中，就领兵返回，杨欣等人在后面紧追至强川口，激烈交战，姜维败走。姜维又听到诸葛绪已经阻塞道路占据了桥头，于是就从孔函谷进入北部道路，想绕到诸葛绪的身后，诸葛绪知道后往回退却三十里。姜维进入北道三十多里后，听到诸葛绪退兵，赶紧往回走，从桥头过去，诸葛绪赶上去阻截姜维，但晚了一天没有赶上。姜维于是退至阴平，聚集军队，想要奔赴关城；还没到达，听说关城已破，于是退兵奔向白水，遇到了廖化、张翼、董厥等人，兵合一处据守剑阁以抵御钟会。

······

邓艾进兵到达阴平，挑选了精锐部队，想要与诸葛绪一起经江油直奔成都，诸葛绪因为本来接受的命令是阻截姜维，而向西行进不是给他的诏令，所以率军奔向白水，与钟会会合。钟会想要专擅军权，就秘密报告说诸葛绪畏惧敌兵不敢前进，于是用囚车把诸葛绪押送回京，而军权全部归钟会掌握了。

姜维排列营垒据守险要之地，钟会进攻不能取胜，而且运粮道路既危险又遥远，想要领兵撤回。邓艾上书说："敌兵已经受到摧折，应乘胜进军，如果从阴平出发由小路经过汉朝的德阳亭奔赴涪县，从剑阁之西一百里处进军，离成都三百余里，在这里出奇兵冲击其腹心之地，那么剑阁的守军必然往回奔赴涪县，而钟会就可以两车并行着向前推进。如果剑阁的守军不往回撤，那么接应涪县的兵力就会很少了。"于是从阴平出发走了七百余里的无人之地,凿山开路,架桥梁建阁道,山高谷深,非常艰险,运来的粮食也将吃尽,濒临危险的绝境,邓艾用毡毯裹住自己,翻转着滚下山去,将士们也都攀缘着树木崖壁,鱼贯而进。邓艾首先到达江油,蜀国守将马邈投降。诸葛瞻率诸军抵御邓艾,到达涪县后,停住不进。尚书郎黄崇是黄权之子,他屡次劝说诸葛瞻应迅速前进占据险要,不让敌人进入平地,诸葛瞻犹豫不决没有采纳;黄崇再三劝说,甚至流着眼泪说,但诸葛瞻仍然不听。于是邓艾长驱直入,击败诸葛瞻的前锋,诸葛瞻退兵驻扎在绵竹。邓艾写信劝诱诸葛瞻说:"如果投降,必定表奏你为琅玡王。"诸葛瞻大怒,杀掉邓艾的使者,排列阵势以等待邓艾进攻。邓艾派他儿子惠唐亭侯邓忠攻其右翼,派司马师纂等人攻其左翼。邓忠与师纂战斗不利,都撤兵而还,说:"敌兵还不能攻破!"邓艾大怒,说:"存亡之别就在此一举,有什么不能的。"怒叱邓忠、师纂等人,说再攻不破就要杀了他们。邓忠、师纂跑回来再战,大败敌兵,杀了诸葛瞻和黄崇。诸葛瞻之子诸葛尚叹息说:"我们父子蒙受国家重恩,没有早点杀了黄皓,致使国败民亡,活着还有什么用!"于是骑马冲入敌阵而死。

蜀汉人没想到魏兵突然而至,没做守城的准备;听说邓艾已经进入平土,百姓们惊恐万状,都逃往山林大泽,不可禁止。汉后主召集群臣讨论,有人认为蜀与吴本来是友好邻邦,应该投奔到吴国;有人认为南中七郡,山势陡峭险峻,容易防守,应该奔向南面。光禄大夫谯周却认为:"自古以来,没有寄居别国仍为天子的,如果到吴国去,也当臣服于吴。而且治国之道从来就没有什么不同,大国吞并小国,这是形势发展的自然趋势。从这点上说,魏国能吞并吴国,而吴国不能吞并魏国,这是很明显的事。同样是称臣,对小国称臣就不如对大国称臣,与其忍受两次受辱之耻不如一次受辱!而且如果想要奔赴南方,就应当及早计划好,才能成功;如今大敌已经临近,灾祸失败也将要降临,而且众小人之心,没有一个可保其不变,恐怕我们出发的时候,其变化不可预料,怎么能到达南中呢?"有人说:"如今邓艾已经不远,恐怕他不接受我们投降,怎么办呢?"谯周说:"现在吴国还没有臣服于魏,事情的形势使他不得不接受,接受了也不得不待之以礼。如果陛下投降魏国,而魏国不划分土地封给陛下的话,我请求只身到洛阳,用古代的大义与他们争辩。"众人都听从了谯周的建议。汉后主仍然想入南中,犹豫不决。谯周上疏说:"南方偏远蛮夷之地,平常就不交纳供奉租税,还多次反叛,自丞相诸葛亮用武力威逼他们,走投无路才顺服。如今如果去南中,外要抗拒敌兵,内要供奉日常粮食物品,费用浩大,没有其他地方可以收取,只能耗损各个夷人部族,那他们必然会反叛。"于是汉后主就派侍中张绍等人奉着御玺向邓艾投降。北地王刘谌愤怒地说:"如果我们理穷力屈,灾祸败亡将至,就应当父子君臣一起背城一战,共同为社稷而死,这样才能见先帝于地下,为什么要投降?"汉后主不听。这一天,刘谌哭诉于昭烈帝刘备之庙,先杀了妻子儿女,然后自杀而死。

张绍等人在雒县见到邓艾,邓艾大喜,写信褒扬接纳投降。汉后主又派遣太仆蒋显去命令姜维向钟会投降,又派尚书郎李虎把士民户口簿交给邓艾,共计有二十八万户,九十四万人,兵士十万二千人,官吏四万人。邓艾到达成都城北,汉后主率太子、诸王以及群臣六十余人,缚手于后,拉着棺木走到军营门前。邓艾持节解开缚绳,焚烧了棺木,请进军营相见;约束控制将士,不许掠夺百姓,安抚接纳投降依附之人,让他们恢复旧业;然后就依照东汉初年邓禹的旧例,秉承皇帝旨意授予汉后主刘禅做骠骑将军、太子为奉车都尉、诸王为驸马都尉之职,蜀汉的群官各随其职位的高低授予王官,或担任邓艾属下官吏;让师纂任益州刺史,陇西太守牵弘等人担任蜀中各郡的官职。邓艾听说黄皓为人奸诈阴险,把他收押起来,准备杀掉,后来黄皓贿赂邓艾的左右亲近之人,终于免于一死。

姜维等人听说诸葛瞻失败，但不知汉后主的意向，于是率军向东进入巴中。钟会进军到涪县，派遣胡烈等人追击姜维。姜维到达郪县，得到汉后主的命令，于是命令士兵都放下武器，把符节传送交给胡烈，自己从东道与廖化、张翼、董厥等一起到钟会那里投降。将士们都十分震怒，气得挥刀砍石。至此各郡县和驻点的部队都接到汉后主的命令而罢兵投降。

绝妙佳句

存亡之分，在此一举，何不可之有！

文学常识丛书

晋灭吴之战

　　冬,十一月,大举伐吴,遣镇军将军琅玡王伷出涂中[①],安东将军王浑出江西[②],建威将军王戎出武昌,平南将军胡奋出夏口,镇南大将军杜预出江陵,龙骧将军王浚、巴东监军鲁国唐彬下巴、蜀,东西凡二十余万。命贾充为使持节、假黄钺[③]、大都督,以冠军将军杨济副之;充固陈伐吴不利,且自言衰老,不堪元帅之任。诏曰:"君若不得,吾便自出。"充不得已,乃受节钺,将中军南屯襄阳,为诸军节度。

　　……

　　杜预向江陵,王浑出横江,攻吴镇、戍,所向皆克。二月,戊午,王浚、唐彬击破丹阳[④]监盛纪。吴人于江碛[⑤]要害之处,并以铁锁横截之;又作铁锥,长丈余,暗置江中,以逆拒舟舰。浚作大筏数十,方百余步,缚草为人,被甲持仗,令善水者以筏先行,遇铁锥,锥辄著筏而去。又作大炬,长十余丈,大数十围,灌以麻油,在船前,遇锁,然炬烧之,须臾,融液断绝,于是船无所碍。庚申,浚克西陵,杀吴都督留宪等。壬戌,克荆门、夷道二城,杀夷道监陆晏。杜预遣牙门周旨等帅奇兵八百泛舟夜渡江,袭乐乡[⑥],多张旗帜,起火巴山[⑦]。吴都督孙歆惧,与江陵督伍延书曰:"北来诸军,乃飞渡江也。"旨等伏兵乐乡城外,歆遣军出拒王浚,大败而还。

123

旨等发伏兵随歆军而入,歆不觉,直至帐下,虏歆而还。乙丑,王浚击杀吴水军都督陆景。杜预进攻江陵,甲戌,克之,斩伍延。于是沅、湘以南,接于交、广,州郡皆望风送印绶。预杖节称诏而绥抚之。凡所斩获吴都督、监军十四,牙门、郡守百二十余人。胡奋克江安⑧。

乙亥,诏:"王浚、唐彬既定巴丘,与胡奋、王戎共平夏口、武昌,顺流长鹜⑨,直造秣陵⑩。杜预当镇静零、桂;怀辑衡阳。大兵既过,荆州南境固当传檄而定。预等各分兵以益浚、彬,太尉充移屯项⑪。"

王戎遣参军襄阳罗尚、南阳刘乔将兵与王浚合攻武昌,吴江夏太守刘朗、督武昌诸军虞昺皆降。昺,翻之子也。

杜预与众军会议,或曰:"百年之寇,未可尽克,方春水生,难于久驻,宜俟来冬,更为大举。"预曰:"昔乐毅藉济西一战以并强齐,今兵威已振,譬如破竹,数节之后,皆迎刃而解,无复著手处也。"遂指授群帅方略,径造建业⑫。

吴主闻王浑南下,使丞相张悌督丹阳太守沈莹、护军孙震、副军师诸葛靓帅众三万渡江逆战。至牛渚,沈莹曰:"晋治水军于蜀久矣,上流诸军,素无戒备,名将皆死,幼少当任,恐不能御也。晋之水军必至于此,宜畜众力以待其来,与之一战,若幸而胜之,江西自清。今渡江与晋大军战,不幸而败,则大事去矣!"悌曰:"吴之将亡,贤愚所知,非今日也。吾恐蜀兵至此,众心骇惧,不可复整。及今渡江,犹可决战。若其败丧,同死社稷,无所复恨。若其克捷,北敌奔走,兵势万倍,便当乘胜南上,逆之中道,不忧不破也。若如子计,恐士众散尽,坐待敌到,君臣俱降,无一人死难者,不亦辱乎!"

三月,悌等济江⑬,围浑部将城阳都尉张乔于杨荷⑭。乔众才七千,闭栅请降。诸葛靓欲屠之,悌曰:"强敌在前,不宜先事其小;且杀降不祥。"靓曰:"此属以救兵未至,力少不敌,故且伪降以缓我,非真伏也。若舍之而前,必为后患。"悌不从,抚之而进。悌与扬州刺史汝南周浚,结陈相对,沈莹帅丹阳锐卒、刀盾五千,三冲晋兵,不动。莹引退,其众乱,将军薛胜、蒋班因其乱而乘之,吴兵以次奔溃,将帅不能止,张乔自后击之,大败吴兵于版桥⑮。诸葛靓帅数百人遁去,使过迎张悌,悌不肯去,靓自往牵之曰:"存亡自有大数,非卿一人所支,奈何故自取死!"悌垂涕曰:"仲思⑯,今日是我死日也! 且我为儿童时,便为卿家丞相所识拔,常恐不得其死,负名贤知顾。今以身徇社稷,复何道邪!"靓再三牵之,不动,乃流泪放去,行百余步,顾之,已为晋兵所杀,并斩孙震、沈莹等七千八百级,吴人大震。

初,诏书使王浚下建平,受杜预节度,至建业,受王浑节度。预至江陵,谓诸将曰:"若浚得建平,则顺流长驱,威名已著,不宜令受制于我;若不能克,则无缘得施节度。"浚至西陵,预与之书曰:"足下既摧其西藩,便当径取建业,讨累世之逋寇,释吴人于涂炭⑰,振旅还都,亦旷世一事也!"浚大悦,表陈预书。及张悌败死,扬州别驾何恽谓周浚曰:"张悌举全吴精兵殄灭⑱于此,吴之朝野莫不震慑。今王龙骧⑲既破武昌,乘胜东下,所向辄克,土崩之势见矣。谓宜速引兵渡江,直指建业,大军猝至,夺其胆气,可不战禽也!"浚善其谋,使白王浑。浑曰:"浑暗于事机,而欲慎已免咎,必不我从。"浚固使白之,浑果曰:"受诏但令屯江北以抗吴军,不使轻进,贵州虽武,岂能独平江东乎! 今者违命,胜不足多,若其不胜,为罪已重。且诏令龙骧受我节度,但当具君舟楫,一时俱济耳。"浑曰:"龙骧克万里之寇,以既成之功来受节度,未之闻也。且明公为上将,见可而进,岂得一一须诏令乎! 今乘此渡江,十全必克,何疑何虑而淹留不进! 此鄱州上下所以恨恨⑳也。"浑不听。

王浚自武昌顺流径趣建业;吴主遣游击将军张象帅舟师万人御之,象众望旗而降。浚兵甲满江,旌旗烛天,威势甚盛,吴人大惧。

吴主之嬖臣㉑岑昏,以倾险谀佞,致位九列,好兴功役,为众患苦。及晋兵将至,殿中亲近数百人叩头请于吴主曰:"北军日近而兵不举刃,陛下将如之何?"吴主曰:"何故?"对曰:"正坐岑昏耳。"吴主独言:"若尔,当以奴谢百姓!"众因曰:"唯!"遂并起收昏;吴主骆驿追止,已屠之矣。

陶浚将讨郭马,至武昌,闻晋兵大入,引兵东还。至建业,吴主引见,问水军消息,对曰:"蜀船皆小,今得二万兵,乘大船以战,自足破之。"于是合众,授浚节钺。明日当发,其夜,众悉逃溃。

时王浑、王浚及琅邪王伷皆临近境,吴司徒何植、建威将军孙晏悉送印节诣浑降。吴主用光禄勋薛莹、中书令胡冲等计,分遣使者奉书于浑、浚、伷以请降。又遗其群臣书,深自咎责,且曰:"今大晋平治四海,是英俊展节之秋,勿以移朝改朔,用损厥志。"使者先送玺绶于琅邪王伷。壬寅,王浚舟师过三山㉒,王浑遣信要浚暂过论事,浚举帆直指建业,报曰:"风利,不得泊也。"是日,浚戎卒八万,方舟百里,鼓噪入于石头,吴主皓面缚舆榇㉘,诣军门降。浚解缚焚榇,延请相见。收其图籍,克州四,郡四十三,户五十二万三千,兵二十三万。

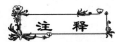

①涂中:指今江苏、安徽间的滁河流域。

②江西:隋唐以前,习惯上称长江下游北岸、淮水以南为江西。

③假黄钺(yuè):黄钺是以黄金为饰的长柄大斧,为古代帝王之器,不是人臣所能专用的,故称为假黄钺,以暂行最高军事权力。

④丹阳:城名,在今湖北秭归东南。

⑤江碛(qì):江中沙石成堆的浅滩。

⑥乐乡:在今湖北松滋东北。

⑦巴山:山名,又名麻山,在今湖北松滋西南。

⑧江安:县名,在今湖北公安西北。

⑨骛(wù):通"骛",奔驰。

⑩造:至,到。秣陵:即今南京。

⑪项:县名,在今河南沈丘。

⑫建业:即今江苏南京。

⑬济江:渡过长江。济,渡。

⑭杨荷:地名,在今安徽和县北。

⑮版桥:地名,在今安徽和县境内,长江西岸。

⑯仲思:诸葛靓的表字。

⑰涂炭:泥沼和炭火。比喻极困苦的境地。

⑱殄(tiǎn)灭:消灭,灭绝。

⑲王龙骧:指龙骧将军王浚。

⑳恨恨:抱恨不已。

㉑嬖(bì)臣:宠臣。嬖,受宠,被宠幸。

㉒三山:地名,在今江苏南京西南,长江东岸。

㉓榇(chèn):棺木。

译文

冬季,十一月,晋朝大举出兵讨伐吴,派遣镇军将军、琅邪王司马伷从涂中出兵,安东将军王浑从江西出兵,建威将军王戎出武昌,平南将军胡奋出夏口,镇南大将军杜预出江陵,龙骧将军王浚和巴东监军鲁国人唐彬从巴、蜀进军,东西合计共有二十余万人。任命贾充为使持节、假黄钺、大都督,任命冠军将军杨济协助贾充,作贾充的副手。贾充坚持陈述伐吴不利,而且自称已经衰老,不能担当元帅的重任。晋武帝下诏说:"你如果不去,那么我不亲自出征。"贾充不得已,于是接受了符节黄钺,率领中军向南驻扎在襄阳,负责各部队的部署、调度与节制。

……

杜预向江陵进发,王浑从横江出兵,攻打吴的兵镇及边防营垒,攻无不克。二月,戊午(初一),王浚、唐彬打败了丹阳监盛纪。吴人把江边浅滩上的要害区域,用铁锁拦住,还打造了一丈多长的大铁锥,暗中放进江里,用以阻挡战船。王浚造了几十个大木筏,每一个木筏,长、宽都有一百余步。王浚让人扎了许多草人,草人披铠甲,拿兵器,放在大木筏上,让水性好的人与木筏走在前面,遇到铁锥,铁锥就扎到木筏上,被木筏带走了。王浚又造了许多大火把,火把长十几丈,有几十围粗,用麻油浇在火把上,把火把放在船的前面,遇到铁锁就点燃火把,一会儿工夫,铁锁就被火把烧得融化而断开,于是战船就无所阻挡。庚申(初三),王濬攻克了西陵,杀了吴都督留宪等人。壬戌(初五),又攻下了荆门、夷道两座城,杀了夷道监陆晏。杜预派遣牙门周旨等人率领八百名奇兵,在夜里泛舟渡过长江,袭击乐乡。周旨树起许多旗帜,又在巴山点起火。吴都督孙歆非常恐惧,写信给江陵督伍延说:"从北边过来的军队,是飞渡过江的。"周旨等人把军队埋伏在乐乡城外。孙歆派兵出城去打王濬,结果大败而回。周旨等人让伏兵尾随孙歆的军队进了城,孙歆没有觉察,周旨的兵一直到了孙歆的帐幕之下,活捉孙歆而回。乙丑(初八),王濬打败了吴水军都督陆景,把他杀了。杜预进攻江陵,甲戌(十七日),攻克了江陵,杀了伍延。这时候,沅、湘以南地区以及地界相接的交、广等州郡,都闻声把印绶送来。杜预手持符节按照皇帝的诏命安抚了这些州郡。到此时为止,总共俘获、斩杀吴都督、监军十四人,牙门、郡守一百二十多人。胡奋又攻克了江安。

乙亥(十八日),晋武帝下诏书说:"王濬、唐彬已经平定了巴丘,再与胡奋、王戎一同平定夏口、武昌,顺长江长驱直入,直到秣陵。杜预则应当安定零陵、桂阳,安抚衡阳。大军过后,荆州以南的区域,传布檄文自然会平定。杜预等人各自分兵以增援王濬、唐彬,太尉贾充转移到项驻扎。"

王戎派遣参军、襄阳人罗尚,南阳人刘乔领兵与王濬一起攻打武昌。吴江夏太守刘朗、督武昌诸军虞昺投降了。虞昺是虞翻的儿子。

杜预与众将领议事,有人说:"百年的寇贼,不可能一下子彻底消灭,现在正是春季,有雨水,军队难以长时间驻扎,最好等到冬季来临,再大举发兵。"杜预说:"从前,乐毅凭藉济西一战而一举吞并了强大的齐国。目前,我军兵威已振,这就好比破竹,破开数节之后,就都迎刃而解了,不会再有吃力的地方了。"于是,指点传授众将领计策谋略,部队一直到了建业。

吴主听说王浑领兵南下,就派丞相张悌督率丹阳太守沈莹、护军孙震、副军师诸葛靓率领部众三万人渡过长江迎战。到牛渚时,沈莹说:"晋在蜀地整治水军已经有很长时间了。我上流各部队,素来没有戒备,名将又都死了,只是些年少之人担当重任,恐怕抵挡不住。晋的水军必然要到这些地方,我们应当集中大家的力量等他们到来,与晋打一仗,假如有幸能够取胜,那么长江以北的地区自然就太平了。如果现在渡江与晋大军交战,不幸而打败了,那么大事就完了。"张悌说:"吴将要亡国,这是无论聪明还是愚笨的人都知道的事实,不是今日才有的事。我担心蜀地之兵到了这里,我军恐惧惊慌,就不可能再整肃起来了。趁着现在渡江,尚且还能与晋决一死战。如果败亡,就一同为国而死,再没有什么可遗憾的了。假如能够取胜,那么敌军奔逃,我军声势就将倍增,然后就乘胜向南进军,在半路上迎击敌人,那就不愁不能破敌。要是依了你的计谋,恐怕兵士都四散奔逃;坐等到敌军到来,君臣就一起投降,没有一个人死于国难,这难道不是耻辱吗?"

三月,张悌等人渡过长江,在杨荷包围了王浑的部将、城阳都尉张乔。张乔手下只有七千人,他关闭了栅栏请求投降。诸葛靓想把他们都杀了,张悌说:"强敌还在前面,不宜先去做无关紧要的事情,况且杀了投降的人不吉利。"诸葛靓说:"这些人是因为救兵还没有到、力量弱小抵挡不住,所以才暂且假装投降以拖延时间,并不是真正的屈服了。如果放了他们,和我们一起往前走,一定会成为以后的祸害。"张悌不听从,安抚他们,然后进军。张悌与扬州刺史、汝南人周浚摆好阵势,互相对峙,沈莹率领五千丹阳精锐士兵,拿着大刀盾牌,接连三次冲向晋兵阵地,不能动摇。沈莹领兵退却,部众开始乱起来,这时,晋将军薛胜、蒋班乘吴兵混乱之机打过来,吴兵接二连三地奔逃溃散,将帅们也制止不住,张乔又从背后杀过来,结果在版桥,晋大破吴兵。诸葛靓带着几百人逃走,他派人去接张悌,张悌不肯离开,诸葛靓又亲自拉他走,说:"存亡自有气数,并不是你一个人所能支撑的,为什么一定要自己求死呢?"张悌流泪说:"诸葛靓,今天是我死的日子。况且我还是幼儿的时候,就被你家丞相诸葛恪所赏识提拔。我常常怕我死得没有意义,辜负了名贤对我的了解与照顾。我今天以身殉国,还有什么可说的呢!"诸葛靓再三拉他走,还是拉不动他,于是就流着眼泪放开手,走了;走了一百多步远,回过头去看张悌,他已经被晋兵杀了。同时被斩首的,还有孙震、沈莹等七千八百人。吴人受到了极大的震动。

当初,晋武帝下诏书,命令王浚攻下建平,接受杜预的节制调度,到了建业,接受王浑的部署、调度。杜预到江陵,对各位将领说:"如果王浚攻克了建平,就会顺长江长驱直入,他的威名已经显著,就不适合再让他受我的节制。如果他不能取胜,那么我就没有缘分对他施行节制调度了。"王浚到了西陵,杜预写信对他说:"您已经摧毁了敌人的西部屏障,应立即直取建业,讨伐历代的逃寇,从水深火热之中解救吴人,整顿部队,返回都城,这也是前所未有的一件事。"王浚非常高兴,上表陈述杜预的信。张悌战败身死时,扬州别驾何恽对周浚说:"张悌发动的全吴的精兵就在这里灭亡了,这使吴朝野上下没有人不震动恐惧。现在,王浚已经攻下了武昌,正乘胜东下,所向无敌,敌人土崩瓦解之势已经显露出来了。我认为,应当立即领兵渡江,直指建业。大军突然到来,必然使敌人胆战心惊,失去勇气,我们就能不战而擒敌了。"周浚赞赏何恽的计谋,让他去报告王浑。何恽说:"王浑不懂得把握事情的时机,但他想行事谨慎,不使自己有过失,所以他肯定不会听从我的意见。"周浚坚持让他去向王浑禀告,王浑果然说:"我接受皇帝的命令,只让我驻扎在长江以北,以便抗击吴军,并没有让我轻易进兵。你们州的军队虽然勇武,又岂能独立地平定江东之地呢!现在如果违反诏命而出兵,打了胜仗固然值得称赞,如果没有取胜,那么犯下的罪过就已经很严重了。而且皇帝命令王浚接受我的部署调度,你们所应该做的,只是准备好船和桨,一齐渡江。"何恽说:"王浚攻克了万里之敌,他会以成就功勋

131

群雄争锋

的身份来接受您的部署调度,这样的事情我可没有听说过。况且明公您为上将,抓住适当的机会就可以行动,怎么可以事事都等待命令呢?现在如果乘机渡江,完全有把握取胜,您还犹豫、顾虑什么而停留不进,这正是使鄫州上上下下的人士抱恨不已的原因。"王浑不听。

王浚从武昌顺着长江直接向建业进逼;吴主派遣游击将军张象率领舟师一万人抵抗,张象的部下望见王浚的旌旗就投降了。这时候,江中满满的全都是身披铠甲的王浚的士兵,旌旗映照着天空,威猛的气势极其盛大,吴人异常恐惧。

吴主的宠臣岑昏,由于阴险狡诈、谄媚逢迎而爬上了九卿的地位。他喜好大兴工程劳役,使众人深受困苦与祸患。等晋兵就要到达的时候,宫中亲近的几百名随从官吏向吴主叩头请求说:"北方的敌军一天一天地逼近了,而我们的士兵却不拿起武器抵抗,陛下您打算怎么办呢?"吴主问:"是什么原因?"众人回答说:"正是由于岑昏的缘故。"吴主只说了一句:"要是这样,就拿这个奴才去向老百姓谢罪吧!"众人答应"是!"从地上爬起来就去抓岑昏,等到吴主后悔,不断地派人去追赶制止,岑昏已经被杀了。

陶浚要去征讨郭马,到了武昌,听说晋兵已大举进逼,就领兵返回东边。到了建业,吴主派人领他来见面,向他询问水军的情况。陶浚回答说:"蜀地的船都很小,现在给二万名士兵,乘大船作战,我有把握打败敌人。"于是吴召集兵员,授予陶浚符节斧钺。原定第二天了发,但当天夜里,陶浚召集的士兵全都跑光了。

这时,王浑、王浚以及琅玡王司马伷都已逼近建业附近。吴司徒何植、建威将军孙晏都把印玺、符节送到王浑那里投降了。吴主采用光禄勋薛莹、中书令胡冲等人的计谋,分别派遣使者向王浑、王浚、司马伷奉上书信请求投降。吴主又给大臣们一封信,在信中深深地谴责了自己的罪过,还说:"当前,大晋平治四海,这正是杰出优秀的人才发挥、施展其气节操守的

时期,不要因为改朝换代就因此丧失了志向。"吴主的使者先把印玺送到琅
珏王司马伷那里。壬寅(十五日),王浚的舟师经过三山,王浑派信使邀请
王浚暂时过来商议事情,王浚正扬帆直逼建业,回复王浑说:"船行正顺风,
不便停下来。"这一天,王浚的八万士兵,乘着相连百里的战船,擂鼓呐喊进
入石头城,吴主孙皓双手反绑、车载棺木,前去军门投降。王浚松了绑,焚
烧了棺材,请他相见。晋接收了吴的地图、户籍,攻克了吴的四个州,四十
三个郡,五十二万三千户,二十三万名士兵。

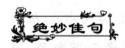

今兵威已振,譬如破竹,数节之后,皆迎刃而解。

淝水之战

太元八年①秋七月，秦王坚下诏大举入寇②，民每十丁遣一兵；其良家子③年二十已下，有材勇者，皆拜羽林郎④。又曰："其以司马昌明⑤为尚书左仆射，谢安为吏部尚书⑥，桓冲为侍中⑦；势还不远，可先为起第。"良家子至者三万余骑，拜秦州主簿金城赵盛之为少年都统⑧。是时，朝臣皆不欲坚行，独慕容垂、姚苌⑨及良家子劝之。阳平公融⑩言于坚曰："鲜卑、羌虏，我之仇雠⑪，常思风尘之变以逞⑫其志，所陈策画，何可从也！良家少年皆富饶子弟，不闲⑬军旅，苟为谄谀之言以会陛下之意。今陛下信而用之，轻举大事，臣恐功既不成，仍有后患，悔无及也！"坚不听。

八月，戊午，坚遣阳平公融督张蚝、慕容垂等步骑二十五万为前锋；以兖州⑭刺史姚苌为龙骧将军，督益、梁州⑮诸军事。坚谓苌曰："昔朕以龙骧建业⑯，未尝轻以授人，卿其勉之！"左将军窦冲曰："王者无戏言，此不祥之征也！"坚默然。

慕容楷、慕容绍言于慕容垂曰："主上骄矜已甚，叔父建中兴之业，在此行也！"垂曰："然。非汝，谁与成之！"

甲子，坚发长安，戎卒六十余万，骑二十七万，旗鼓相望，前后千里。九月，坚至项城⑰，凉州⑱之兵始达咸阳，蜀、汉之

文学常识丛书

兵方顺流而下，幽、冀⑲之兵至于彭城，东西万里，水陆齐进，运漕万艘。阳平公融等兵三十万，先至颍口。

诏以尚书仆射谢石为征虏将军、征讨大都督，以徐、兖二州刺史谢玄为前锋都督，与辅国将军谢琰、西中郎将桓伊等众共八万拒之；使龙骧将军胡彬以水军五千援寿阳⑳。琰，安之子也。

是时，秦兵既盛，都下震恐。谢玄入，问计于谢安，安夷然，答曰："已别有旨。"既而寂然。玄不敢复言，乃令张玄重请。安遂命驾出游山墅，亲朋毕集，与围棋赌墅。安棋常劣于玄，是日，玄惧，便为敌手而又不胜。安遂游陟，至夜乃还。桓冲深以根本为忧，遣精锐三千入援京师；谢安固却之，曰："朝廷处分已定，兵甲无阙，西藩宜留以为防。"冲对佐吏叹曰："谢安右有庙堂之量，不闲将略。今大敌垂至，方游谈不暇，遣诸不经事少年拒之，众又寡弱，天下事已可知，吾其左衽㉑矣！"

……

冬，十月，秦阳平公融等攻寿阳。癸酉，克之，执平虏将军徐元喜等。融以其参军河南郭褒为淮南太守。慕容垂拔郧城。胡彬闻寿阳陷，退保硖石，融进攻之。秦卫将军梁成等帅众五万屯于洛涧，栅淮以遏东兵。谢石、谢玄等去洛涧二十五里而军，惮成不敢进。胡彬粮尽，潜遣使告石等曰："今贼盛粮尽，恐不复见大军！"秦人获之，送于阳平公融。融驰使白坚曰："贼少易擒，但恐逃去，宜速赴之！"坚乃留大军于项城，引轻骑八千，兼道就融于寿阳。遣尚书朱序来说谢石等，以为：

"强弱异势，不如速降。"序私谓石等曰："若秦百万之众尽至，诚难与为敌。今乘诸军未集，宜速击之；若败其前锋，则彼已夺气，可遂破也。"

石闻坚在寿阳，甚惧，欲不战以老秦师。谢琰劝石从序言。十一月，谢玄遣广陵相刘牢之帅精兵五千人趣洛涧，未至十里，梁成阻涧为陈以待之。牢之直前渡水，击成，大破之，斩成及弋阳太守王咏，又分兵断其归津，秦步骑崩溃，争赴淮水，士卒死者万五千人。执秦扬州刺史王显等，尽收其器械军实。于是谢石等诸军，水陆继进。秦王坚与阳平公融登寿阳城望之。见晋兵部阵严整，又望见八公山上草木，皆以为晋兵，顾谓融曰："此亦勃敌㉒，何谓弱也！"怃然始有惧色。

秦兵逼淝水而陈，晋兵不得渡。谢玄遣使谓阳平公融曰："君悬军深入，而置陈逼水，此乃持久之计，非欲速战者也。若移陈少却，使晋兵得渡，以决胜负，不亦善乎！"秦诸将皆曰："我众彼寡，不如遏之，使不得上，可以万全。"坚曰："但引兵少却，使之半渡，我以铁骑蹙㉓而杀之，蔑不胜矣！"融亦以为然，遂麾兵使却。秦兵遂退，不可复止，谢玄、谢琰、桓伊等引兵渡水击之。融驰骑略陈㉔，欲以帅退者，马倒，为晋兵所杀，秦兵遂溃。玄等乘胜追击，至于青冈。秦兵大败，自相蹈藉而死者，蔽野塞川。其走者闻风声鹤唳，皆以为晋兵且至，昼夜不敢息，草行露宿，重以饥冻，死者什七八。初，秦兵少却㉕，朱序在陈后呼曰："秦兵败矣！"众遂大奔。序因与张天锡、徐元喜皆来奔。获秦王坚所乘云母车。复取寿阳，执其淮南太守

文学常识丛书

郭褒。

……

谢安得驿书，知秦兵已败，时方与客围棋，摄书置床上，了无喜色，围棋如故。客问之，徐答曰："小儿辈遂已破贼。"既罢，还内，过户限²⁶，不觉屐齿之折。

注　释

①太元八年：即公元 383 年。太元：东晋孝武帝司马曜（yào）的年号，共 21 年（公元 376—396 年）。

②秦王坚：即苻坚，苻坚于东晋穆帝升平元年（公元 357 年）杀前秦帝苻生自立，去帝号，称天王，故称秦王。入寇：来犯，此以东晋立场言之。

③良家子：清白人家的子弟（封建社会指医、巫、商贾、百工以外出身的子弟）。

④羽林郎：羽林军（宫庭禁尉军）的军官。

⑤司马昌明：即晋武帝司马曜，昌明是他的字。

⑥吏部尚书：尚书省之吏部主管。

⑦侍中：内廷之皇帝侍从官。

⑧秦州：前秦州名，治所在今甘肃天水西南。主簿：负责文书簿籍之官。金城：今甘肃省兰州市东。少年督统：官名，苻坚所设。

⑨慕容垂：鲜卑首领，后受妒忌和排挤而投奔前秦，被封为冠军将军、长安京兆尹。姚苌（cháng）：羌族首领，后率部归附前秦，被封为扬武将军。淝水之战后叛秦，并建立了后秦。

⑩阳平公融：苻融，苻坚之弟，字博休，封阳平公。

⑪仇雠（chóu）：仇人。

⑫风尘之变:指战争,因战争起,则戎马奔驰扬尘。逞:称心如意,实现。

⑬闲:同"娴",熟悉,熟练。

⑭兖(yǎn)州:前秦州名,约今山东省西南部。

⑮益州:前秦州名,约今四川省一带。梁州:约今陕西省南部。

⑯以龙骧建业:先是前秦皇帝苻健曾以苻坚为龙骧将军,苻坚死,传位于苻生,苻坚杀苻生,夺得前秦,故言以龙骧建业。

⑰项城:今河南省项城县东北。

⑱凉州:前秦州名,约今甘肃武威一带。

⑲幽:幽州,治所在今河北蓟县。冀:冀州,治所在今河北冀县。

⑳寿阳:今安徽省寿县。

㉑左衽(rèn):衣襟左开,非中原民族之服饰,乃边疆少数民族之衣着习惯。此指沦于外族之统治。

㉒劲(qíng)敌:强敌,劲敌。

㉓蹙(cù):逼迫。

㉔略陈:即略阵,巡行阵地。

㉕少却:稍稍后退。少,同"稍",稍稍、稍微。

㉖户限:门槛。

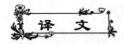

译 文

太元八年秋七月,秦王苻坚下诏大举侵犯,百姓中每十个成年男子选派一人充军;清白人家的子弟二十岁以下,有才学和勇气的人,都任命为羽林军的军官。(苻坚)又说:"命令以司马昌明为尚书左仆射,谢安为吏部尚书,桓冲为侍中;就形势看,灭晋回师的日期不远,可以预先替司马昌明他们造起房子。"清白人家的子弟达到三万余骑,任命秦州主簿金城赵盛之为少年督统。当时,朝廷的大臣都不希望苻坚行动,惟独慕容垂、姚苌和清白人家的弟子劝他(行动)。阳平公苻融对苻坚说:"鲜卑、羌虏(指慕容垂和姚苌),我们的仇家,常渴望战乱兵变以实现他的心愿,所陈述的策略谋划,怎么可以听从?清白人家的子弟都是富贵人家的子弟,不熟悉军队事务,随便用阿谀奉承的话来迎合您的意愿。如今您相信而使用他们,轻易地兴起大事,我恐怕既不能够成功,更有后患,悔恨来不及呀!"苻坚不听。

太元八年八月初二日,苻坚派遣阳平公苻融统率张蚝、慕容垂等步骑兵二十五万为前锋;以兖州刺史姚苌为龙骧将军,统率益、梁州诸多军事。苻坚对姚苌说:"昔日我以龙骧将军建立帝业,未曾轻易地把它授给别人,你要好好努力啊!"左将军窦冲说:"王者无戏言,这是不祥的征兆!"苻坚默然。

慕容楷、慕容绍对慕容垂说:"苻坚骄傲自大已经到了严重的地步,叔父恢复鲜卑族建立的前燕政权,在此次行动了!"慕容垂说:"是的,除了你们,能有谁与我完成(复兴燕国的)大事业呢?"

甲子日,苻坚自长安发兵,士兵六十余万,骑兵二十七万,旗帜战鼓相望,前后千里。九月,苻坚到达项城,凉州的军队刚达到咸阳,蜀、汉的军队正顺流而下,幽、翼的军队达到彭城,东西万里,水陆并进,运粮船上万艘。阳平公苻融等军队三十万,先达到颍口。

(晋武帝)下诏以尚书仆射谢石为征虏将军、征讨大都督,以徐、兖二州刺史谢玄为前锋都督,与辅国将军谢琰、西中郎将桓伊等众人共领八万将士抵挡前秦军;派遣龙骧将军胡彬以水军五千增援寿阳。谢琰,谢安的儿子。

这时前秦军队强盛,京城建康震动恐惧。谢玄入室,向谢安询问计策,安坦然无事,一点也不着急的样子,回答说:"已经另有命令。"随后就一言不发了,于是命令张玄再一次请示。谢安接着命令预备车马出游城外的别墅,亲戚朋友全都聚集,与谢玄把别墅作为赛棋的赌注。谢安的棋术通常劣于谢玄,这日,谢玄畏惧,谢玄和谢安成了不相上下的敌手。谢安接着登山游玩,到了夜里才回来。桓冲深深地为京城建康感到担忧,派遣精锐军队三千人进入京师守卫;谢安坚决不接受,说:"朝廷安排已确定,将士没有缺少,荆州适合留下来作为防守。"桓冲对僚属叹气道:"谢安石有庙堂的才干,不熟悉军事谋略。如今大敌就要到来,正游玩清谈不停,派遣没有领兵作战经验的年轻人抵挡他们,军队又少弱,天下事可以知道了,我们将要穿外族的服装了!"

······

冬季,十月,前秦阳平公苻融等攻打守阳。当年十月十八日,攻克它,捉获平虏将军徐元喜等人。苻融任命他的参军河南郭褒为淮南太守。慕容垂攻取郧城。胡彬听说寿阳陷落,退兵坚守硖石,苻容进攻它。前秦卫将军梁成等率领众兵五万驻扎在洛涧,在淮河上设置栅栏作为障碍物,用以阻拦从东面来增援的晋军。谢石、谢玄等离开洛涧二十五里而驻扎,畏惧梁成不敢前进。胡彬粮食耗尽,秘密地遣派信使报告谢石等说:"如今敌军(气势)旺盛,(我们)粮食耗尽,恐怕不能够见到大军!"前秦军人获得它,送交给阳平公苻融。苻融派人飞马前去报告秦王苻坚说:"敌军人少容易擒获,但恐怕逃走,应当快速赶来攻打!"苻坚就留大军在项城,带领装备轻便的骑兵八千人,以加倍的速度赶路靠近苻融于寿阳。派遣尚书朱序来劝降谢石等,因以说道:"强弱不同势,不如快些投降。"朱序私下对谢石等人说:"如果前秦百万大军都到了,谁也难与之为敌。今趁着各路兵马没有集结,应当快速攻击它;如果挫败它的前锋,那么对方就丧气了,可以随即打败了。"

谢石听说苻坚在寿阳,很害怕,想不战使秦军丧失锐气。谢琰劝说谢

文学常识丛书

石听从朱序的话。十一月,谢玄派遣广陵相刘牢之率领精兵五千前往洛涧,没有到十里,梁成以涧为阻列阵以等待他。刘牢之向前渡水,攻击成功,大破对方,斩梁成及弋阳太守王咏;又分兵截断他们归途中必经的渡口,前秦的步骑崩溃,争着赶往淮水,士兵死去一万五千人,捉获前秦扬州刺史王显等,全部收缴对方军用器械及粮草之类。于是谢石等各路军队,水路继续前进。秦王苻坚与阳平公苻融等上寿阳城眺望他们,发现晋兵布阵严整,又望见八公山上草木,都以为是晋兵,回头看苻融说:"这也是强敌,怎么说弱小呢?"惆怅失意开始有恐惧的神色。

前秦军队紧靠淝水而摆开阵势,晋军不能渡河。谢玄派遣使臣对平阳公苻融说:"您孤军深入,而布置阵势又逼近水边,这是准备持久作战的打算,不是想要速战的做法。如果移动阵势稍微后退一点儿,让晋国军队得以渡河,以此来决定胜负,不也很好吗?"前秦的众将都说:"我们兵多,他们兵少,不如阻止他们,使他们不能攻上来,可万分安全。"苻坚说:"只是率领军队稍微后退,让他们渡过一半,我们以精锐骑兵逼迫上去杀死他们,没有不胜利的。"苻融也认为可以这样,于是指挥军队让他们撤退。前秦军队就撤退,不能再制止。谢玄、谢琰、桓伊等人率领军队渡过淝水进击前秦军。苻融骑马在阵地上飞跑巡视,想统帅约束那些退却的士兵,战马倒了,被晋兵所杀,前秦军队于是溃败。谢玄等人乘胜追击,到达青冈。秦兵大败,自己互相践踏而死的,遮蔽了田野,堵塞了河流。那些败逃的秦兵听到风声和鹤叫声,都以为是东晋的追兵即将感到,白天黑夜不敢歇息,在草野中行军,露水中睡觉,加上挨饿受冻,死去的人十之七八。起初,前秦军队稍稍后退,朱序在阵地后方喊道:"秦兵败了!"众兵就狂奔。朱序于是和张天锡、徐元喜一齐来投降。(晋兵)缴获了秦王苻坚所乘坐的云母车。又攻占寿阳,捉获前秦的淮南太守郭褒。

⋯⋯

谢安得到战报，知道秦兵已经战败，当时正与客人下围棋，把驿书收叠起来放在床上，毫无欣喜之色，照旧下棋。客人问他（原因），他慢慢地回答说："孩子们已经打败了敌军。"结束后，（谢安）返回屋内，过门槛时，木屐底上的齿被门槛碰断也没觉察到。

绝妙佳句

　　其走者闻风声鹤唳，皆以为晋兵且至，昼夜不敢息，草行露宿，重以饥冻，死者什七八。